大事な
ことほど
小声で
ささやく

愈重要的事，
愈是輕聲低語

王蘊潔——譯

Akio Morisawa

森澤明夫

目錄

第一章　本田宗一的附言　011
第二章　井上美鈴的解放　071
第三章　國見俊介的雙翼　129
第四章　四海良一的蜻蜓　195
第五章　末次庄三郎的賠罪　247
第六章　權田鐵雄的阿吽　311

遙遠的黑夜傳來消防車的鳴笛聲。

我睡眠向來很淺，鳴笛聲把我從睡夢中拉回現實。

微微睜開眼睛，在昏暗中看到白色天花板。

唉……我慵懶地嘆氣，在床上翻個身，像蝦子一樣蜷縮起來。

南側的窗戶映入眼簾。

為了保持通風，窗戶打開一條縫。潮濕的夜風從窗戶吹入。

唏咻唏咻。

淡淡的月光映照在微微飄動的蕾絲窗簾上，發出夢幻的柔和光芒。

好美——我閃過這個念頭，再次閉上雙眼。

我要回到沉睡的世界。現在起床還太早。

閉上眼睛，遠處傳來汽車喇叭聲，接著聽到醉鬼的怪叫聲由遠而近。不一會兒，這些聲音終於遠去，室內再度恢復深夜的靜謐。

終於可以睡了。當我這麼想的剎那——

滴答、滴答、滴答、滴答、滴答——

那是掛在牆上的時鐘秒針發出的無情聲音。

孤單一人的深夜，每次聽到這個聲音，就覺得自己快死了。

滴答。秒針移動一次，就覺得自己的肉體——或者說自己的餘命又被挖走一小匙挖耳棒的分量。

十秒就是十小匙。

一分鐘是六十小匙。

我的未來正在一點一滴減少。

一個小時就有三千六百小匙。

今天晚上一整晚……

越是告訴自己不要去想，不安的海嘯就從黑暗中撲來，我很想大叫。

呼、呼、呼……

當我回過神時，發現自己又過度換氣。

我就像缺氧的金魚一樣喘息著，掀開被子，翻身坐起，坐在靠窗那一側。

我用右手的手背觸碰額頭。

額頭已經滿是汗水。

我雙手按著心臟的位置，用力深呼吸一次，然後低頭看著腳下的金屬塊。那是啞鈴。從窗戶照進來的柔和月光冷冷地勾勒出啞鈴帶著弧度的輪廓。

呼、呼、呼……

我急促地吸入淡墨色的黑暗，又吐出來。接著拿起兩個啞鈴。

然後，用力彎曲上臂。

滴答、滴答、滴答、滴答、滴答……

冷酷地奪走我未來的規律聲音，這種難以忍受的節奏，在房間的黑暗中慢慢堆積。

我抵抗著幾乎把內心撕裂的恐懼，只是不停地把冰冷的金屬塊舉起、放下。

我在追求肉體的痛苦。

在一次又一次、一次又一次舉起、放下啞鈴後，和過度呼吸不同的窒息感壓迫我的肺部，上手臂的肌肉相互擠壓，漸漸發熱。

但是，我不能停止。

繼續、繼續。我必須繼續折磨自己。

我咬牙再度舉起、放下啞鈴。

不一會兒，白色霧靄開始籠罩意識表面。

幾乎快到極限。

肌肉痛得好像快燒起來了。

但是，這樣、才好。

肌肉承受痛苦時，對秒針的不安就會減輕。只要把內心的痛苦轉嫁給肉體的痛苦，我就可以活下去。

我聽到非法改裝的機車駛過附近馬路的聲音，但也可能是我的幻聽。此時此刻，我只聽到自己急促的呼吸聲，和在鼓膜深處響起的心跳聲。

我漸漸看到極限的遠方。

即使這樣，我仍然持續抵抗終極的痛苦。

「呃……」

牙縫中擠出聲音。

撐不下去了嗎？

不，還可以舉三次——我激勵自己。

我屏住呼吸，擠出最後的力氣。
我咬緊牙關，幾乎快磨掉琺瑯質。
血液湧到臉上，太陽穴就要爆炸。
一次。
兩次。
三……
舉到一半時，手停了下來。
可以舉起來。
我可以舉起來！
雖然我這麼想，但啞鈴慢慢向下壓。
「呃，嗚啊啊啊……」
在即將失去意識之際，我一口氣吐出憋住的氣，無力地把啞鈴放在地上。
呼、呼、呼……
我再次急促地把夜晚的空氣吸入肺部，雙手放在胸前，抱著自己的身體，以免再次過度呼吸。

腳下的啞鈴反射著蒼白的月光。從很久之前開始，這兩塊金屬就成為我的精神鎮定劑。

我用手擦著額頭到太陽穴的汗水。

但是，水滴仍然順著臉頰滑落，從下巴滴落。

那不是汗水，而是淚水。我自己知道這件事就好——

我半夢半醒，恍恍惚惚，緩緩走到窗邊，抬頭望著乳白色的半圓形月亮。

第一章 本田宗一的附言

「好痛……」

本田宗一在下班回家的擁擠電車上，不禁叫出聲。

站在他前方的粉領族背對著他，後背貼到他的前胸，她的高跟鞋細跟用力踩在他的腳上。他的中趾根部發出意味著不妙的嘎吱聲，至少會有瘀青，但那個粉領族沒有回頭向他道歉，而是若無其事地把頭轉到一旁，隨著地鐵的行進搖晃著身體。

本田皺起眉頭，從車窗玻璃中看向那個粉領族的臉。她的一頭黑色長髮很有光澤，從背影看起來是美女，沒想到從車窗玻璃中看到的臉很平庸，即便隔著一層濃妝，仍可以看到黏在她眼睛和嘴角之間的疲憊，有一種難以言喻的苦命相。她的眉間有很深的皺紋，痛苦地閉著雙眼。

唉唉，原來這個女人也很疲憊……

本田看到粉領族不起眼的長相之後，突然產生一種親近感。原本煩躁的心情隨著電車的搖晃漸漸消失，只不過被踩到的腳還是陣陣疼痛。

這就是所謂禍不單行，屋漏偏逢連夜雨……

本田在內心發出自嘲的笑聲，雙手握著吊環，靜靜地閉上眼睛。

當世界變暗後，地鐵發出的轟隆轟隆噪音變成背景音樂，他的眼前浮現了白天出糗的情景。四十五歲的男人垂頭喪氣地在老客戶公司的會議室、在上司的辦公桌旁拚命鞠躬道歉。那個男人就是遲遲無法升遷、仍然只是課長輔佐的自己。

話說回來，今天早上就出師不利。

一進公司，就發現下屬忘了做三天前交代的簡報資料。這件事成為接下來一連串衰事的導火線。距離去向老客戶進行簡報只剩下不到兩個小時的時間，本田慌了手腳，來不及斥責下屬，就立刻自己動手製作簡單的資料，然後帶著這份資料衝出公司。衝出公司的五秒鐘後，從天而降的鴿子屎剛好命中他西裝肩上。他雖然產生不祥的預感，但還是告訴自己「不管是狗屎運還是鳥屎運，反正都是走好運」，用手帕擦掉鳥屎，衝下地鐵站的階梯，剛好趕上一輛停在月台上的電車，沒想到由於號誌燈故障，地鐵暫停行駛——

這個時間點，已經確定無法趕上去客戶公司簡報的時間，但本田立刻轉身衝上車站的階梯，攔到計程車就跳上去。沒想到計程車才行駛五百公尺左右，又因車禍意外，導致塞在車陣之中。

結果他比預定的時間晚了三十分鐘才走進客戶公司，一次又一次向滿臉不耐煩的董事長鞠躬道歉，五分鐘後，才終於把自己製作的簡報資料交給客戶，總算坐下來。沒想到三秒鐘後，本日最大的悲劇就此發生——

客戶公司的董事長用冷若冰霜的語氣說：

「本田先生，因為我們是保險套公司，所以你不把我們放在眼裡吧？」

本田完全不知道對方在說什麼。

「啊？怎麼可能？當然不可能有這種……」

「我們公司的名字。」

「是……」

「並不是這上面所寫的。」

當他看到董事長用指甲咚咚敲著簡報資料的第一頁時，他差一點昏過去。

這家保險套公司是眼前這位抱著手臂的田中清史郎董事長一手打造的中堅企業，公司的正式名稱採用董事長的名字，名叫『清史郎橡膠株式會社』。但是，今天早上匆匆忙忙製作簡報資料，結果忙中出錯，發生選字錯誤。

『精子漏橡膠株式會社 敬啟』

竟然對著保險套公司的董事長說什麼精子漏。

本田覺得臉頰都快噴火了，一個勁地低頭鞠躬，道歉了好幾十次，試圖告訴對方，自己並沒有惡意，總算讓始終滿臉不悅的董事長息怒，戰戰兢兢地翻著臨時抱佛腳做出來的簡報資料，說明新商品包裝的方案，但是還沒有說到一半，就被清史郎精子——不，是被清史郎董事長打斷。

「唉，不用再說，我不可能和你合作。」

「呃，那個……董事長，真的很抱歉，那只是選字錯誤。關於這次新商品包裝的方案，我們將竭誠——」

「夠了，你可以走了。」

「……」

本田一籌莫展，無可奈何。

他垂頭喪氣地回到公司，部長立刻把他叫過去，當著辦公室所有人的面，足足訓了他三十分鐘。

「你每次都在緊要關頭功虧一簣，就和你的名字一樣。」

本田灰心喪氣地站在部長面前，當部長說這句話時，他聽到同樓層的同事在背後發出呵呵的竊笑聲。

部長說的「就和名字一樣」是這個意思——

本田宗一。如果在名字最後加一個「郎」字，就和經營之神、「HONDA本田技研工業」的創辦人同姓同名，但因為少了這個字，只能在這家小型厚紙加工廠當營業助理課長。部長是用這種拐彎抹角的方式在諷刺他。

如果以升學時，考生的分數排位的偏差值作為標準，本田在公司的評價應該只有四十五左右，也就是比平均五十還低。包含他在內，同期進入公司的有五個人，目前只有他的職務還是「助理」，其他四個人的名片上都印著課長、副部長，或是策劃人的頭銜。聽說一旦擺脫「助理」這兩個字，薪水就會大幅增加，但今天出了這麼大的紕漏，這一天恐怕遙遙無期。

老實說，至今為止，他好幾次都想辭職不幹，只不過他沒有任何專長，又沒有被獵人頭公司相中，他不認為自己四十好幾，能夠換到什麼好工作。更何況時下經濟不景氣，根據網路經濟新聞報導的內容，幾乎沒有人在轉職後薪水增加……

地鐵來到樞紐站後停下來。

擁擠不堪的大鐵箱吐出大量上班族，剛才踩到本田腳的女人，被一群身穿皺巴巴西裝的男人擠向車門的方向。

本田看到一個空位，邁步走過去。就在他轉身準備坐下去時，一名大嬸一個箭步從旁邊擠來，搶走座位。大嬸一屁股坐下來後，金框眼鏡後方一雙黃色混濁的雙眼抬頭看著本田，眼神中明顯帶著勝利者的優越感。

真是夠了……真希望我有像她那樣的生命力。如果我有一丁點她那種強勢，現在的職稱應該可以擺脫「助理」這兩個字……

本田低頭看著大嬸一頭紫色的鬈毛頭，發出今天最深的嘆息。

大鐵箱吐出大量上班族後，又再度大口地把他們吞進來，接著發出金屬擠壓的痛苦聲音，進入又長又黑的隧道。

這時，西裝內側口袋發出嗡嗡的震動聲。手機收到電子郵件。低頭一看，原來是妻子朋子傳來的。

『上班辛苦了。你今天會回家吃飯嗎？』

簡短的電子郵件內用了好幾個可愛的表情符號。妻子的貼心稍微撫慰了本田，他回覆說『對，我三十分鐘後到家，拜託了』。

他關掉電子郵件，切換到待機畫面後，帶著滿足的心情看著手機的畫面。螢幕上是獨生女彩夏的笑容，那是七年前，彩夏還是小學生時，全家一起去旅行時拍的照片。每當因工作而身心俱疲時，本田就會在辦公桌下偷偷看這張照片激勵自己，總算撐到今天。

彩夏的笑容——回想起來，拍這張照片的那個時期，彩夏只要看到本田，就會飛撲過來緊緊抱著他說：「我最愛爸爸！」然後親吻他的臉頰。每次看到彩夏跌倒受傷，或是感冒發燒痛苦的樣子，本田都發自內心希望能夠代替女兒受苦。父女兩人經常一起泡澡，假日時經常手牽著手一起去遊樂園、動物園玩，完全就是典型的父女幸福約會時光。無論工作再怎麼累，他都願意把休假時間全用來陪彩夏，他對自己成為這樣的父親感到有點害羞，但很喜歡這樣的自己。

早上繫上領帶，走出家門一步，等待他的就是甩不開倦怠感和自卑感的厭世日子，但是晚上說著「我回來了」，打開家門，回到樸素溫馨的家，等待他的是任何事都無法取代的幸福。普通的家庭，身為普通的父親——說實話，單身時代的本田完全無法想像，這種平淡無奇的環境，會讓自己感到如此幸福。

「在生女兒之前，完全無法想像會有比自己生命更重要的人誕生在這個世界上。」

陪年幼的彩夏上床睡覺後，他經常和妻子朋子在客廳如此感嘆，然後夫妻兩人相視而笑。

曾幾何時——

想到女兒上高中後變得冷冰冰的樣子，本田輕輕嘆氣。

地鐵搖晃一下，他用力站穩，剛才被踩到的腳趾疼痛不已。

唉，真是倒楣的一天。

雖然不指望清史郎董事長會原諒自己，但明天無論如何都要去向他道歉。

他在內心嘀咕著，然後帶著求助的心情，再度仔細打量著待機畫面，春天豔陽下的大海在彩夏的笑容後方閃著粼粼波光。他握著吊環，再次閉上眼睛，似乎聽到了拍下這張照片時的海浪聲。

✦✦✦

本田回到家，泡完澡之後，裸著上半身，把浴巾掛在脖子上走進客廳，然後直接走去冰箱拿發泡酒。即使別人會說這種行為「很像老頭子」，但他還是無法放棄泡完澡後喝一杯的習慣。

高中二年級的彩夏和妻子朋子一起坐在客廳的地上。母女兩人都微微向前傾著身體，專心一志地盯著電視螢幕。臉上還帶著稚氣的偶像藝人在去年新買的電視螢幕上，裸著上半身打鬥，似乎是上節目宣傳某部電影。

「哇，他的胸肌超迷人的，真想問他，到底苦練了多久？」

彩夏要是走在假日的澀谷或是原宿一帶，可以完全融入街頭風景，就是所謂的「時下的年輕人」。她說話時雙眼發亮，就連朋子都眉開眼笑地感嘆著說：「對啊。」

「爸爸年輕時的胸肌不比他差多少。」

本田從冰箱裡拿出發泡酒和米糠醃黃瓜，背對著她們說道。當他轉過頭時，發現妻子和女兒不發一語地看著他。

「嗯，彩夏，怎麼了嗎？」

「沒事……」

女兒冷冷地回答了兩個字，然後又緩緩轉頭看向電視螢幕。

朋子似乎看不下去，她站起身，微微皺起眉頭，有些同情本田，走過他身旁時，輕輕戳戳他的側腹，然後開始準備晚餐。

「怎、怎樣啦……」

本田在說話的同時，低頭看向妻子剛才輕戳的側腹。雖然不至於被說是胖子，但腰上的確多出一圈年輕時沒有的贅肉，就是俗稱的「游泳圈」，肚臍躲進肥肉的深處。他隨手捏捏側腹的脂肪，發現比自己想像中更厚，忍不住有點沮喪，而且當他鬆開手時，游泳圈竟然誇張地抖動幾下。

嗚嗚，這樣真的太難看了……本田這麼想。

「哇，真的假的，太帥了吧！」

彩夏對著電視興奮地說道。

本田看著不加思索地說出「年輕人語言」的女兒背影。彩夏穿著紫色的男性運動衣褲，寬鬆的衣服看起來有點邋遢，染成棕色的頭髮垂到後背一半的位置，肩膀到腰部的線條很苗條，但屁股渾圓。雖然很不想承認，但女兒已經是女人了。

「啊，對了，彩夏，最近功課怎麼樣？明年不是要考大學了嗎？」

本田明明知道這種毫無意義的客套話最容易惹青春期的女兒不高興，但他搞不懂為什麼，當他回過神時，發現已經脫口而出。

「啊？就這樣啊，不好不壞。」

彩夏頭也不回地回答，她的背影明顯表達出「真煩」或是「不用你管」的意思，但至少不是在說「噁爛」……應該是這樣。彩夏又開始專心看電視，她正在看時尚的料理節目。

本田有點尷尬，看向正在廚房做菜的朋子。朋子噗嗤一笑，輕輕搖搖頭。

青春期的孩子就是這樣——

朋子的動作應該代表這個意思。

本田差一點要為日本各地家庭中常見的「父親的一廂情願」悲嘆，一口氣喝完了發泡酒，把差點吐出口的嘆息一起吞下去，然後用力捏扁空罐……

雖然他想這麼做，卻無法把空罐捏扁。也許是因為年紀，握力變差。他看著手上扭曲成悲傷形狀的空罐，覺得好像看到自己，在打嗝時，把剛才吞下去的嘆息一起吐出來。

喝了酒後，終於不再流汗。本田穿好睡衣，坐在桌子旁。

「來，振作一點。」朋子拿了第二罐發泡酒給他，他打開拉環，緩緩拿起報紙。和往常一樣，報紙內夾著一大堆煩人的廣告，他正打算把廣告單丟去一旁時，突然停下了手。

廣告單上，一個身穿健身運動服的健康美女親切微笑著——

『今年夏天，去海邊亮相低調誘人的BODY！』

那是附近一家運動俱樂部的廣告。

喂喂喂，這種文案太沒有新意了……

雖然他在內心這麼嘲笑，但還是繼續看著簡直就像風月場所廣告常用的文字——『現在免費加入會員！月費只要一萬圓！』。

低調誘人的BODY嗎？

本田看向彩夏的背影。偶像緊實的身體再度在她背影前方的電視螢幕上躍動，她似乎輪流看著料理節目和偶像上節目宣傳電影。

月費只要一萬圓……

「今天吃麻婆豆腐，要不要再煎肉？」

正在廚房的朋子問。

如果是平時，他絕對會瞇起眼睛，毫不猶豫地說：「喔，不錯喔。」但是他今天不一樣，他低頭看著了無新意的廣告單，搖搖頭。

「不，不用再煎肉了。」

✦✦✦

SAB運動俱樂部的更衣室內擠滿下班後來運動的會員，本田換上在Uniqlo買的運動服，走在通往重訓室的樓梯上。

推開玻璃門，走進日光燈照亮的重訓室，悶熱的空氣幾乎把他推出門外。一整排將近十五台跑步機發出的嗡嗡機械聲格外刺耳。

一名二十出頭的年輕男性工作人員立刻快活地向他打招呼說：「你好。」

「呃，我今天第一次來這裡。」

「這樣啊，我姓鈴木，那就由我來介紹一下環境，請問你健身有什麼目標嗎？」

「誘人……啊，不是，我想消除贅肉，讓自己有點肌肉。」

「我懂，夏天要亮相，對不對？」

工作人員露出一口潔白的牙齒，展現出意味深長，但基本上算是爽朗的笑容。

「不，不是，並不是這個原因。」

「那我先向你說明各種器材的使用方法，想要打造低調誘人的BODY，增加肌肉量最有效率。」

「不，我不是……」

「沒關係，肌肉很誠實！你請跟我來。」

「……」

工作人員再次露出潔白的牙齒笑了笑，沒有理會本田的反駁，俐落地開始說明各種健身器材的使用方法。

這名工作人員剪了清爽的齊瀏海，肌肉結實，開朗爽快得恰如其分，是一個感覺很不錯的年輕人。

聽他介紹各種健身器材三十分鐘後，本田覺得和他慢慢混熟，於是問了雖然很無聊、但他很在意的問題。

「這家運動俱樂部的名字感覺很像是同性戀俱樂部，請問為什麼會叫SAB這個名字？」

「啊哈哈哈，經常有客人這麼說，其實只是取自Sport And Beauty的第一個字母，所以才叫SAB，和那本同性戀雜誌無關。」

「喔，這樣啊，原來是這樣。」

「是啊，我剛來這裡工作時，也對俱樂部的名字所代表的意義有些不解，就問了這裡的前輩。」

「對吧？真的會讓人很好奇。」

「是啊。」工作人員帶著充滿親近感的笑容後問：「這裡的健身器材都已經介紹完了，請問你還有什麼想瞭解的問題嗎？」

「不，沒問題了，謝謝你。」

本田回以笑容，搖搖頭。他打算用自己的方式自由運動，好好流一身汗，只是他最後還想問一個問題——重訓室的深處不停地傳來「嗚哇！」、「吼嗚！」、「嗚靠！」等異樣的聲音。

「請問最裡面發出怪叫聲……我是說放著啞鈴和槓鈴的地方，也都可以使用嗎？」

「你是說自由重量訓練區嗎？當然可以，如果想要認真健身的人，我們會推薦使用啞鈴或槓鈴等負重器材進行訓練，但是在適應之前，還是先使用固定式機械比較安全。」

「原來是這樣。」本田在回答的同時，看向重訓區。那裡的人的確個個都是肌肉男，而且他們身上的衣服也和其他人不一樣，每個人都穿著細肩帶背心，乳頭都露了出來。

「哇，那個人好猛，太壯了……」

本田看到一個男人身高超過兩公尺，簡直就像摔角選手，忍不住瞪大眼睛。

「喔，那是權田先生，他是我們俱樂部的老主顧。」

「原來有這麼厲害的人，太猛了……」

「是啊，很少有人能夠把肌肉練得那麼巨大。」

不知道是否察覺到本田和工作人員的視線，那個姓權田的壯漢粗得像樹幹一樣的脖子轉過來，看向他們。他身上穿了一件豔粉色的細肩帶背心，從幾乎可以說是繩子的肩帶旁，露出兩顆黑色乳頭。乳頭下方的大胸肌威力十足，簡直就像是有生命的個體般扭動著，隔著皮膚似乎都能夠看到大束的肌肉纖維。他有張四方臉，顴骨突出，兩道眉毛看起來意志很堅強。腦袋是亮晶晶的光頭，反射著日光燈的燈光。

權田不發一語看著他們。

他的眼神太殺了……

本田覺得就像是在至近距離遇到野生的棕熊，手臂上都浮起雞皮疙瘩，咕嚕一聲，吞了一口唾液。

就在這時，權田那張大嘴的嘴唇噘起來——下一剎那。

啪叮！

他眨了一下右眼。

「啊嗚！」

本田幾乎可以感受到拋過來的媚眼帶著風壓撲過來，他愣在原地，沒想到站在他身旁的工作人員鈴木對著權田豎起大拇指。權田見狀，豪邁地丟個飛吻過來。本田覺得那不是丟給工作人員，而是丟向自己，差一點跌倒在地。

「那、那、那個人……該不會是跨性別者？」

本田小聲問工作人員。

「對啊，但他很親切善良，風趣幽默，在這裡很受歡迎，是我們的知名會員。」

「為了謹、謹慎起見，我、我再確認一次，SAB這個名字是……」

「只是巧合啦。」

工作人員開心地笑了。

權田在遠處面帶微笑，扭著身體，把像棒球手套一樣的大手伸出來。

然後，他向著本田招手。

本田就像被一根無形的線拉著，情不自禁走過去。他好像中了魔法，又好像在做夢，有一種神奇的、輕飄飄的感覺支配著他的身體，他的手腳都不由自主地動作。

「那我就先告辭了。」

姓鈴木的工作人員轉身離去。

「啊，等一下……」

本田想要挽留工作人員，但權田的引力更強大，他無法停下腳步。

啊啊，自己即將踏入一個全新的世界。雖然完全不知道那會是一個怎樣的世界，但即將展開和之前不同的充實人生——他不寒而慄，不，應該說是產生了這樣的預感。

重訓區比周圍高，一踏入這個地面鋪了黑色橡膠的結界，立刻感受到空氣的密度明顯變得濃密。

他走了四步半，在壯漢面前停下腳步。

好像在施魔法般向他招手的權田放下手。

本田把脖子向後彎成弓狀，仰頭看著壯漢的臉。

好高。這個人也……太高了。

無論怎麼想，都不認為眼前這個人是和自己一樣的靈長類。權田僅僅只是站在那裡，本田似乎就可以感受到風壓。

「啊呵呵，你是新來的？第一天來，就遇到鈴木負責介紹，運氣真好。」

他粗獷的聲音中帶著性感的沙啞，但說話時有典型的娘味，讓本田稍微鬆了一口氣。該怎麼說……這種爽朗的感覺，好像在和新宿二丁目同志酒吧的媽媽桑說話。

「呃，那個，是啊，我是新來的，我姓本田。」

「呵呵呵，你不用這麼緊張啦，玩得開心點。」

權田用好像法蘭克福香腸般的食指，戳一下本田的鼻尖。

「請、請、請……請多指教。」

「啊喲，討厭啦，我不是說了，不需要緊張嗎？」

權田輕輕拋了一個媚眼，微微一笑，本田慢慢放鬆了緊張的心情。

✦✦✦

鈴木說得沒錯，權田雖然是那樣的外表，卻是一個親切善良、風趣幽默的男人——不，跨性別者。他在這家運動俱樂部旁的JR車站附近的小巷內開了一家「雲雀酒吧」，在那裡當媽媽桑，運動結束後，就站在吧檯內招呼客人到天亮。運動俱樂部的健身同好和酒吧的客人都親切地叫他「權媽媽」。

「你也看到了，我就是紅顏禍水的美女媽媽桑，有太多人愛我，讓我超煩惱。」

權媽媽開著玩笑，逗著本田發笑，但仍然沒有停止健身。他雙手握著巨大的啞鈴練習，正在練上臂的二頭肌。本田不經意地看了一眼刻在啞鈴上的數字，驚訝地發現竟然是四十五公斤的啞鈴。

「你的肌肉好壯……」

本田看著他簡直可以稱為「大腿」的手臂說。

「呵呵，肌肉很老實，不會騙我，和男人不一樣。付出多少，就可以獲得多少回報。你想練哪裡？除了胯下以外，我都可以教你怎麼練。」

權媽媽這句無愧於酒吧媽媽桑身分的話，逗得本田笑了起來。

「啊哈哈哈，我想一想……」本田漸漸高興起來，想起看到偶像的胸肌激動不已的彩夏，對權媽媽說：「我想練胸肌。」

「啊喲，真是妙答。女人十之八九都愛男人的大胸肌，那我來教你，你按照我說的方法練習。你聽好了，我是超級無敵虐待狂的女王，你就是超級無敵被虐待狂。」

「超級無敵被虐待狂嗎……」

「啊喲？人不可貌相，難道你在晚上是虐待狂？」

「不，並不是這樣。」

「那就沒問題了，我會好好調教你。來，你仰躺在這張健身椅上。動作快一點，不用脫褲子。」

權媽媽輕鬆風趣的談話，讓本田好幾次都忍俊不住，然後在他的指導下，練習啞鈴臥推。躺在健身椅上，雙手握啞鈴，高舉後放下。本田先從比較輕的五公斤啞鈴開始練習。

「沒錯，舉起和放下啞鈴時，動作要慢一點，要確認動作正確。」

本田練習一會兒，記住動作後，權媽媽換了沉重的啞鈴給他。單個就有十七點五公斤。

「用勉強可以舉起十次的重量訓練最有效率，你用這兩個啞鈴練看看，動作絕對不能走樣。」

「是，女王殿下。」本田很配合地回答，開始用十七點五公斤的啞鈴練習。前五次很輕鬆，但第六次、第七次開始，啞鈴突然變得很沉重，第八次舉到一半時，他就沒力了，正想要放棄，權媽媽斥責他說：

「不要偷懶，接下來才是關鍵，拚死都要完成最後三次。」

「呃！」本田屏住呼吸，完成第八次，然後發出「嗚啊！」的叫聲，總算撐完了第九次，當他打算第十次舉起啞鈴時，手臂開始發抖，真的舉不起來了。

「加油，你可以的！你可以舉起來！如果舉不起來，最心愛的人就會被搶走，要激發緊急狀況下的潛力，一定要舉起來！」

最愛的人……卯足全力，漸漸朦朧的意識中，浮現朋子和彩夏的臉，還有手機待機畫面上的笑臉。

「呃呃……」

「加油，一定要舉起來。」

「呃呃呃哈……呃呵呵、呵、呵……」

「加油！」

「呃呵、呵、呵、呵呵。」

雖然發出笑聲般的奇怪聲音，但總算完成第十次。

「很好，OK，可以放下啞鈴了。」

本田順從地慢慢放下啞鈴，然後咚地丟在地上。可能是由於剛才憋氣的關係，呼吸變得很急促。

「雖然你今天是第一次，但表現很不錯，很有毅力。你今天練三組，只要持續練習，你也可以練出抖動的胸肌。」

權媽媽抖動著露出乳頭的胸肌。

「好、好。」

本田從健身椅上起身，不禁發牢騷：「啊啊，真是累死我了。」但是，他在發牢騷時，意識到自己的嘴角上揚。該怎麼說，他內心湧現一種以前從來不曾體會過的、難以形容的成就感。

漫漫人生四十五年……至今為止，自己曾經這樣全力以赴挑戰某件事嗎？不，應該沒有。自己從來不曾盡心竭力完成某件事，不曾體會過這種滿足的感覺。

不可思議的是，本田甚至愛上發熱的大胸肌上殘留的緊繃感覺。

嗯，健身可能很好玩。

他帶著少年般興奮的心情抬頭看著權媽媽，光頭壯漢意味深長地笑了笑說：

「你使勁時發出的聲音很奇怪，簡直就像吸毒吸茫的人發出的笑聲。」

的、的確──本田自己也覺得很奇怪。

「所以，我想到了你的綽號。」

「綽號？」

「對啊，這裡的人，都是用綽號稱呼彼此。」

「喔……」

「從今天開始，你就叫訶訶。你在舉啞鈴的時候都會呵呵笑，那就叫訶訶，知道了嗎？」

我的綽號叫訶訶……沒想到活到四十五歲，竟然有人為我取綽號，而且對方是今天才認識的跨性別者。

「咦？你不喜歡這個綽號嗎？還是你原本就有綽號了？」

「不，這輩子從來沒有人幫我取過任何綽號。」

本田在說話的同時，回顧自己「沒有綽號的人生」。自己沒有任何優點，沒有任何特色，既不會受人稱讚，也沒有遭到批評，一路走來，都是平平淡淡的人生。也許這就是所謂「無聊的人生」。

但是，權媽媽沒有理會他內心的想法，故作嬌態地笑說：

「那真是太好了，你的綽號處女被我破處了，謝謝款待啊，訶、訶。」

本田噗嗤一笑。

「嗯呵呵。」權媽媽發出笑聲，「我跟你說，在最痛苦的時候笑，是人生的真諦。」

「原來如此……」這句話可能很有道理。

我叫訶訶嗎——嗯，這個綽號不錯，在最痛苦的時候呵呵笑，不是很瀟灑嗎？

好。

本田再次拿起十七點五公斤的啞鈴，仰躺在健身椅上，在開始練習啞鈴臥推之前問權媽媽：

「權媽媽，等一下練完之後，我可以去『雲雀』喝一杯嗎？」

權媽媽抖動著細肩帶背心下的乳頭，露出調皮的微笑說：「我一直在等你說這句話。」然後拿起五十公斤的巨大啞鈴。

好。彩夏，妳等著看吧。

變成訶訶的爸爸會全力以赴。

本田用力深呼吸，舉起啞鈴。

這次他做到第七次，就發出了「呃呵呵呵」的奇怪聲音。

✦✦✦

走出SAB運動俱樂部，本田走向後車站有許多餐飲店的鬧區小路。晚上十點多，居住型市鎮的車站前圓環仍然有很多下班回家的上班族身影。

秋日清新的夜風不時吹來，吹在剛洗完澡的脖子上有點涼意，但風中飄著桂花的香味。每年只要聞到這種香氣，本田總是喜上眉梢。

彩夏的生日就要到了——

十七年前的秋天，本田每天都在桂花的芬芳中走去婦產科。剛成為新手爸爸的他每天下班之後，就去見生完孩子，正在住院的新手媽媽朋子，和剛出生的彩夏。他每天都充分感受著幸福。

夜風中帶著記憶中的桂花香氣，重訓後舒服的疲憊感。如果可以來一杯生啤酒，簡直就是人間天堂。

「權媽媽。」

本田問走在身旁的壯漢跨性別者。

「嗯？什麼事？」

「雲雀酒吧有生啤酒嗎？」

「當然有啊，而且我們家連啤酒杯都冰過，超讚。」

權媽媽從標高兩公尺的位置低頭看著本田，向他拋了一個威力十足的媚眼。

「對了，訶訶，你第一次做重訓的感想如何？是不是很累人？」

「嗯，雖然很累，該怎麼說……正因為很累，更感覺通體舒暢。釋放—

切，渾身癱軟的無力感很新鮮，總之，我之前完全不知道如此美妙。」

本田回味著前一刻在重訓時體會到的成就感，深有感慨地說，權媽媽立刻露出不懷好意的笑容回答說：

「訶訶，沒想到你這麼色。」

「啊……」

「我可沒有問你失去童貞的感想。」

童貞？他思考著權媽媽的話幾秒鐘——回想自己說的話，噗嗤笑了出來。權媽媽的腦袋裡到底裝了什麼？

他們一路開著玩笑，經過熱鬧的車站旁，走進一條看起來有點危險的小巷子。

和他們擦身而過的人看到權媽媽高大的身影，都很驚訝，本田覺得很滑稽，覺得自己好像是帶著保鑣出門的黑手黨老大。

「到了，沿著這棟大樓的樓梯往下走，就是我的店。」

權媽媽突然伸出像法蘭克福香腸般的手指指向左側。本田轉頭一看，發現一棟老舊的大樓靜靜佇立在路燈下的小巷角落。這棟大樓似乎是昭和年代的遺物，本田產生了一種難以形容的懷念感。大樓的一樓是房屋仲介公司，二樓以上是各式各樣的事務所。

「是在這棟大樓的地下室嗎？」

「對啊。」

「你的酒吧沒有招牌嗎？」

「當然有啊，你看，就在這裡。」

聽了權媽媽的回答，仔細打量後，發現通往地下室的階梯入口牆壁上，貼了一塊差不多明信片大小的塑膠板。白色的塑膠板上用黑色的小字寫著「雲雀酒吧」幾個字，但是太低調，看起來不像招牌，更像是門牌。

「這麼小，客人應該不會發現……」

「這樣才好。就好像說話，愈重要的事，愈是輕聲低語，這樣才能傳達到對方的內心深處，招牌也一樣。」

本田覺得權媽媽的話格外有說服力，但是仔細思考之後，又覺得好像不是這麼一回事……他怔怔地想著這個問題，腳下突然傳來「喵嗚」的聲音，本田驚叫著：「嗚啊，嚇死我了！」差一點跳起來。原來是一隻黑貓，長長的尾巴朝著天空的方向豎得筆直。

「啊呵呵，這個孩子是流浪貓『耆老』，是酒吧的看門人。啊，牠是貓，所以不是看門人，是看門貓。」

耆老抬頭目不轉睛地看著本田，又「喵嗚」一聲，漆黑的身體磨蹭著他的小腿。

「啊喲，訶訶，沒想到你真人不露相啊。很少有客人第一次來，就被耆老喜歡。」

「啊，是這樣嗎？真是受寵若驚啊。」

本田蹲下來，摸著耆老的脖子。耆老脖子上的毛柔順而有光澤，就是古代人所說的「烏鴉羽毛淋濕的顏色」。

「喵嗚。」

「你很乖、很乖，你喜歡我嗎？你真有眼光。」

「牠好像很喜歡你。啊，忘了告訴你，耆老是公貓。」

「呃……」

「啊呵呵呵。」權媽媽開心地笑著，沿著大樓昏暗的樓梯走下去。本田對難得向自己示好的耆老產生一種難以形容的失望，跟著壯漢走下樓梯。

✦✦✦

「雲雀酒吧」店內完全符合本田的想像。昏暗的燈光下，有一張可以容納八個人的L形吧檯，還有兩張四人坐的桌子。角落有一台卡拉OK伴唱機，天花板上掛了一顆很有懷舊感的鏡面球。

一個虎背熊腰的男人坐在吧檯前，看起來像是老主顧，對著女店員發出開朗的笑聲。有一對中年男女並排坐在後方的桌子旁打情罵俏。

說白了，就是日本各地隨處可見、遠離鬧區的酒吧景象。只不過站在吧檯內的，是一個戴著銀框眼鏡的美女，看起來是品學兼優的好學生，讓人聯想到讀書時的班長。站在這位美女旁邊的，是身高超過兩公尺的壯漢跨性別者。這兩個人成為這家酒吧和其他酒吧決定性的差異。

「香織，辛苦了。我來介紹，這位是今天在健身房交到的新朋友訶訶。」

「你好，我是香織。」

外形看起來像班長、名叫香織的眼鏡美女瞥了本田一眼，立刻鞠躬向他打招呼。她低頭的時候，兩條麻花辮的黑髮彈跳起來。她臉上充滿稚氣，穿著一身酒保的黑色衣服，讓人想要吐槽是不是在玩角色扮演。無論怎麼看，都覺得她是未成年少女，但應該不會有這種事。

「喔喔，既然是健身房的同好，那我們也是朋友！來來來，如果不嫌棄的話，請你坐在這裡。我們來好好討論一下二十四世紀的肌肉。啊哈哈哈哈。」

坐在吧檯前的男人發出開朗的笑聲起身，摟著本田的肩膀，硬是把他拉到自己旁邊的高腳椅上坐下來。雖然第一次見面，那個男人有點太熱情了，但不知道為何，本田並不覺得不舒服，反而浮現邂逅舊友時那種有點害羞的愉快心情。

「訶訶，這個虎背熊腰、自來熟的金色雞冠頭男人叫四海良一，別看他這樣，他是牙醫。雖然長相很可怕，但他不會咬人，你不必怕他。大家都叫他『醫生』。」

「啊啊啊，我的長相很可怕嗎？權媽媽，至少你沒資格說我吧？啊哈哈哈，但是，沒錯沒錯，我姓四海一家的四海，剛好和牙醫的發音相同，你不覺得簡直就是命中註定嗎？啊哈哈哈，如果你不嫌棄，歡迎下次來我的診所玩，我會把你的牙結石清乾淨，讓你的牙齒閃閃發亮。」

金色雞冠頭的醫生被自己的笑話逗得哈哈大笑，不停地拍著本田的後背。

「啊，那、那我下次一定去找你。」

醫生說話好像機關槍，本田被他的氣勢嚇到，但還是面帶笑容回應。

香織把生啤酒倒進啤酒杯，權媽媽和本田拿起有柄啤酒杯，醫生拿起喝到一半的威士忌酒杯。香織喝的是柳橙汁。

「那就為訶訶的大肌肌乾杯！」

在醫生的吆喝下，四個人拿起杯子乾杯。

本田一口氣咕嚕咕嚕喝下半杯啤酒。

「啊，太好喝了。」

本田瞇起眼睛說。醫生見狀，笑著對他說：「重訓後的啤酒是不是人間美味？」

「對了，醫生，你今天怎麼沒去健身房？」

權媽媽一口氣喝光啤酒後問。
「嗯，今天有牙科醫師會，真的是超無聊的講習會，聽到一半就很想睡覺，我就在桌子底下偷偷做骼腰肌等長訓練。」
「等長訓練是什麼？」
本田歪著頭納悶。醫生把椅子轉向他，解釋給他聽。
「簡單地說，就是在靜止的狀態下訓練肌力。比方說，像拜拜一樣把雙手合在胸前，只要從左右兩側用力，就可以訓練胸大肌。只要用全力持續七秒左右，就可以有不錯的訓練效果。」
「是喔，還有這種訓練方式，真是太深奧了。」
「是啊，肌力訓練比男人更深奧，但是你不適合等長訓練，如果你用這種方式訓練會超奇怪。」
「啊？為什麼我不適合？」
「因為——」
權媽媽以逗趣的方式向其他兩個人說明了「訶訶」這個綽號的由來，醫生和香織都拍著手笑了。

聽說SAB運動俱樂部的重訓室還有其他幾個和他們關係很好的同好。

同好之一是廣告代理公司老闆末次庄三郎，整天都想著色色的事，他的綽號就叫「老闆」。年紀六十八歲，雖然精力很旺盛，但畢竟有年紀了，並沒有練成肌肉男。

第二個人是狂妄自大又害羞的高中生國見俊介。雖然有一張不輸給偶像藝人的英俊臉蛋，但經常蹺課，而且憤世嫉俗，健身房的不良中年分子反而因此很疼愛他。他在重訓時懶洋洋的，即使練了很久，仍然是瘦弱的少年體型。他的暱稱是「阿俊」。

最後是神秘的性感美女井上美鈴。她的暱稱就是她的名字「美鈴」，年紀大約二十五歲左右。據說無論怎麼問，她都不願告訴別人自己的職業。她總是穿著低胸運動衣走進健身房，整天愛摸男人的肌肉，周圍那些肌肉男都被她迷得神魂顛倒。

「雖然老闆使出渾身解數追求美鈴，但他絕對不可能追到。」

醫生覺得很好笑，權媽媽聽了之後說：「那當然啊，別看美鈴那樣子，其實她外柔內剛，是一個很保守的女孩子。」

權媽媽說完後，大口喝完第三杯啤酒。有柄大啤酒杯在這個壯漢手上看起來就像是小酒杯。

「訶訶，你很快就會見到其他人，醫生，你說對不對？」

「對啊，訶訶，你可以好好期待，但是這些人的個性都很強。啊哈哈哈。」

眼前這兩個人的個性已經很強了——本田在心裡想著。香織說出他的想法。

「我覺得媽媽桑和醫生個性最強，如果要用酒來形容的話，差不多就是龍舌蘭酒。」

「啊喲，香織，沒想到妳真敢說。龍舌蘭酒太烈了啦，至少也該說是韓國馬格利酒。」

「那我就像個男人，讓該硬的地方硬起來！啊哈哈哈！」

本田沒有理會醫生了無新意的黃腔，但香織臉頰發紅，就像好學生一樣推推眼鏡，然後微微歪著頭，面帶微笑地問：「訶訶，再來一杯啤酒嗎？」她對待客人的態度不卑不亢，讓人感覺很舒服。

「好，那就麻煩妳再給我一杯。」

於是，他們又第二次「為大肌肌乾杯！」開始健身的第一天晚上，為了乾杯舉起啤酒杯時，前一刻重訓時操得很凶的肩膀肌肉（據說叫三角肌）發出慘叫聲。雖然本田的手臂顫抖不已，但就連這件事，也讓他感到心情爽快。

✦✦✦

第二天、第三天，以及之後的很多天，本田都堅持不懈，每天去SAB運動俱樂部報到，在健身房揮汗如雨。

每次遇到權媽媽或醫生的日子，他們都會嚴格指導他重訓——正確地說，是虐待狂和被虐待狂的關係，他遭到徹底調教。然後也認識了傳聞中那幾個「個性很強的同好」。

雖然本田在使出吃奶的力氣時，仍然會發出「呃呵呵呵」的奇怪聲音，幸好這幾個「個性很強的同好」都一笑置之。只有阿俊苦笑著說：「阿伯，你很噁欸……」，但他覺得高中男生的態度差不多都這樣。

健身房已經成為本田的第三個落腳的地方。

家庭、公司，還有健身房。他在家中得到療癒，在公司感到疲憊，在健身房快樂地紓解壓力。在這樣的三角關係確立之後，他的生活漸漸發生變化。他比以前更正向，在很多事上更加積極。

比方說，他開始注意平日飲食生活中熱量攝取問題，完全戒菸，在「雲雀酒吧」以外，喝酒的量減少一半。

一個月後，腰圍縮小一個皮帶孔，體重減少五公斤，而且，身體充滿年輕時的活力，經常在擠滿人的電車上踮腳站立，或是搭電車去公司時，提前一站下車，走路去公司。

也許是因為認真吃早餐的關係，工作時能夠更加專心，業績開始上升，就連女下屬也對他說：「本田先生，你是不是瘦了？好像變年輕了。」他聽到之後再接再厲，新購入時下年輕人穿的西裝。他充滿真心誠意地寫下好幾次道歉信，寄給把他拒之門外的保險套公司董事長清史郎，同時寄出新的企劃書給對方。最後終於打動對方，董事長願意重新開啟合作大門時，他差一點激動落淚。

去健身房兩個月後，他的腰圍縮小兩個皮帶孔，襯衫的領口尺寸變小，就連鞋帶都需要重繫。下巴下方礙眼的贅肉消失，成功消除雙下巴。

或許是因為對自己產生了一點自信，他這一陣子不再整天看女兒的臉色，反而能夠拿出父親的威嚴面對女兒。

有一天晚上，他對著正在看電視的女兒背影說：

「彩夏，要不要偶爾和爸爸約會？爸爸可以帶妳去任何妳想去的地方。」

但是，彩夏頭也不回，用背影表達堅定的拒絕。

好吧，她的反應並不讓人意外。雖然他故作鎮定地這麼告訴自己，但內心不得不承認自己有點失落。

他和重訓區的歡樂同好越來越熟，去了醫生的診所清理牙結石，整天精蟲衝腦的老闆送他來路不明的中國壯陽劑（他怕吃出問題，根本不敢碰），和阿俊之間不時互傳電子郵件，至於美鈴，也會經常摸他的身體。

權媽媽最近教他那些健美選手的指定姿勢之一「側展胸大肌」，就是前腳稍微彎曲，右手握住左手手腕放在腹部前方，側著身體的基本動作。本田覺得自己稍微練出一點胸大肌，於是權媽媽教了他這個入門動作。

重訓區周圍的牆壁都是鏡子，本田和權媽媽一起站在鏡子前練習健美姿勢，但兩個人的體型差異簡直就像父子，看了就令人發笑。

權媽媽做側展胸大肌時，全身都噴發出強烈的氣場——那已經不是凡人的境界，但站在權媽媽身旁的本田擺出的姿勢，根本和氣場都沾不上邊，只有漏氣而已。

「啊呀呀，我還差很遠。」

本田害羞地抓抓頭，權媽媽搖搖頭說：

「訶訶，你別擔心，只要持續練習，就會有模有樣，但是忸忸怩怩地擺姿勢最難看，就連旁觀的人也會看不下去，所以要像這樣，充分展示真實的自己——嘿唷！」

權媽媽擺出姿勢，看起來像鋼筋般的肌肉纖維動了起來，血管就像網紋哈密瓜一樣浮在表面。

太震撼了，本田感受到殺氣，背上都爬滿雞皮疙瘩。

有一天本田手上有需要緊急處理的工作，於是留在公司加完班，來不及去健身房，就直接回到家，久違地在家裡的小浴缸裡泡澡。運動俱樂部的泡泡浴固然很享受，但像這樣獨自在家裡的浴室哼歌泡澡一樣很不錯。

泡完澡，站在洗手台的鏡子前時，發現上半身比之前緊實不少，討厭的「游泳圈」幾乎都消失了。

雖然離低調誘人的BODY還有一段距離，但以自己的年紀，這樣的身材應該算合格。本田在內心嘀咕著，然後不由自主地擺出權媽媽教他的「側展胸大肌」姿勢。也許是由於天花板上的燈光關係，他覺得胸部的肌肉看起來比以前大了些。

喔喔，我的胸肌不錯，很不錯。

本田全身的肌肉更加用力，被鏡子中的自己迷住了。

就在這時——他從鏡子中看到彩夏出現在自己身後。

「啊……」

本田大吃一驚，維持著「側展胸大肌」的姿勢僵在原地。

彩夏閃過一絲驚愕，但立刻恢復嚴肅，嘀咕一句「好噁」，走回客廳。

被阿俊說噁心也就罷了，被親生女兒說「好噁」讓他感到無地自容。但是冷靜思考自己自戀的行為，就發現被說「好噁」實在不足為奇。

我根本就是鏡子中的小丑……他對著無力的「側展胸大肌」姿勢苦笑。

唉。雖然他在內心嘆著氣，但站在體脂計上，體脂計顯示的數值讓他心情大好。因為體脂率終於降低到他努力的目標20％。

喔喔，權媽媽，我成功了！

他的腦海中浮現了可以稱為教練的壯漢臉龐，同時想起了權媽媽當時說的話。

充分展示真實的自己——嘿唷！

好，既然這樣……

本田裸著上半身，走進客廳。

「我跟妳們說……」

本田沒有任何鋪陳，就直接開口說道。正在開心聊天的朋子和彩夏轉頭看向他。開著的電視上正在播放廣告，配樂是很有氣氛的聖誕歌曲，但這種事根本不重要。

本田用力吸了一口氣，然後語氣堅定地說：

「我跟妳們說，爸爸我會繼續、繼續噁心下去！」

本田說完，用盡全力做了「側展胸大肌」的姿勢。

客廳內的空氣頓時凝結……下一剎那，朋子說著：「你在搞什麼啊！」拍著手大笑起來。

彩夏放聲大笑：「你腦筋有問題喔！啊哈哈哈！」

本田已經很久、很久沒有見到女兒發自內心的笑容。

本田用全身的力氣維持著姿勢，發出「呃呵呵呵」的聲音。這當然是——不，並不是和重要的家人一起歡笑的聲音，他只是發出那個「怪聲音」。

✦✦✦

「彩夏說，她畢業之後想去法國進修，以後想當法國料理的主廚。老公，你覺得呢？」

二月三日節分的晚上，朋子和他討論這個難以置信的問題。本田這一天也有去健身房，回到家時，正在享受「無比幸福的啤酒」，沒想到這句隕石級的話擊中了他的頭頂，頓時把他短暫的幸福時光破壞得蕩然無存。

「法、法國？就是、拿破崙的那個法國？」

本田說出口之後，才發現自己的問題有點蠢，但是朋子並沒有吐槽這件事，嚴肅地繼續說道：

「對，就是拿破崙出生的那個法國。別看彩夏那樣，她從小就很喜歡下廚，而且目前正在餐廳打工，她似乎有自己的想法。」

「等、等一下……這根本邏輯不通啊。如果想當主廚，可以讀日本的專科學校，至於未來要走什麼路，等到短大畢業之後慢慢思考，為什麼要急著高中剛畢業就去法國？」

「目前有那種留學一條龍服務，會安排走訪法國好幾家一流餐廳，然後住在餐廳的宿舍當學徒，或是去葡萄酒產地的酒莊學習葡萄酒的專業知識。彩夏說她想參加。」

「要去留學多久？」

「至少一年，有些比較長的課程要三年。」

「三年……」

本田把喝到一半的罐裝啤酒放在桌上，抱起雙臂，然後閉上眼睛，用力深呼吸，讓自己冷靜下來後才開始思考。彩夏完全不會法文，一個人去法國學廚藝，而且是在那些都是輕浮外國男人的餐廳廚房打雜——他想像中的彩夏都快哭出來了。

他立刻做出了結論。

嗯，不行、不行，絕對不同意這種事。

但即便只是表面工夫，他還是問了朋子的意見。

「妳覺得呢？」

「我——」朋子閃過一絲不知所措，但隨即露出一如往常的堅定眼神說：「那是彩夏的人生。」

「什麼？不會吧？妳竟然打算同意？」

「彩夏第一次這麼認真想做一件事，身為母親，不是很希望可以聲援她嗎？」

「妳腦筋清楚一點！父母的責任，不就是避免兒女人生遭遇危險嗎？」

「危險？有什麼危險？」

「妳想一想，一個妙齡女子去一個都是外國人，而且都是一些輕浮男人的職場好幾年，誰知道會出什麼問題？」

「哪有輕浮？更何況在日本不也一樣嗎？」

之後的談話完全沒有交集，夫妻兩人難得發生爭執，朋子最後丟下一句：「如果你希望彩夏改變心意，那就自己去說服她。」那天晚上的舌戰不歡而散。

隔天，本田沒有去健身房，下班後就直接回家了。

他脫下西裝，換了居家服走進客廳，發現已經吃完晚餐的彩夏和朋子坐在餐桌旁，餐桌上放了幾份簡介和小冊子。本田猜想一定是法國留學的資料，想到她們母女背著自己籌備這件事，就感到心浮氣躁。

彩夏一看到本田，立刻板著臉，默默起身，然後急忙走過本田身旁，準備走出客廳。

「彩夏，妳等一下。」

本田抓住彩夏的手臂。

「喂，很痛欸，你要幹嘛？」

「我們來談一談，妳先坐去餐桌旁。」

「不用了，我和媽媽討論就好，放開我。」

彩夏甩著手臂，想要甩開本田的手。

但本田沒有鬆手。

「真的很痛欸，喂！到底要幹嘛？」

「我們好好談一談。」

「跟爸爸你沒什麼好談的。」

「怎麼可能？」

「反正你只會不分青紅皂白地反對！」

「對，我的確反對，但妳應該想知道我為什麼反對。」

本田說這句話時，彩夏立刻放棄反抗，然後以挑釁的眼神抬頭看著本田的臉，用以前從來沒有聽過的冷漠聲音說：

「不要因為你自己的人生既無聊，又沒有夢想，就想讓我和你走相同的路。」

「……」

女兒這句冰冷的話，讓本田忍不住吞了一口唾液。

必須斥責她——

雖然這麼想，卻找不到反駁的話。他感到全身無力，好像脊椎被抽走了。當他回過神時，發現自己慢慢鬆開彩夏的手臂。

彩夏沒有移開視線，大膽無畏地看著他。

本田也不知所措地凝視著女兒如冰的雙眼。

女兒雙眼的下眼瞼湧現了透明的水滴。第一滴淚水順著臉頰滑落後，就撲簌簌地流個不停，但彩夏仍然沒有移開視線。

滴答、滴答、滴答……牆上掛鐘的秒針聲音聽起來格外大聲。

就在這時，剛才一直坐在椅子上的朋子起身。朋子面無表情，大步走過來，抓住彩夏的左肩，讓她面對自己。

啪！

安靜的客廳內，響起耳光的聲音。

「啊……」

事態的發展太出乎意料，本田目瞪口呆地看著妻子。

彩夏也以好像在問「啊？為什麼？」的表情看著朋子。

朋子用帶著堅定意志的雙眼瞪著彩夏，什麼話也沒說。

彩夏先採取行動。

「唉，真是莫名其妙。」

彩夏故意大聲地嘆息，走過本田的身旁，走向走廊。接著傳來她上樓的腳步聲，和用力關門的聲音。她回去自己的房間。

客廳內再度只剩下滴答、滴答、滴答……的秒針聲音。

本田深深嘆氣，看向桌子。雜亂地攤在桌上的留學資料感覺格外不真實。

他將視線移向朋子，朋子抱著雙臂，滿是無奈，接著用令人感到意外的滿不在乎語氣說：

「老公，接下來就交給你處理了。」

隔天，本田心不在焉地處理完工作，在健身房自暴自棄地苦練。當他坐在「雲雀酒吧」的吧檯時，灌了大量烈酒，喝得酩酊大醉。

「沒錯啊，我至今的人生，的確沒有夢想。但是，我很愛我的家人。香織，妳理解嗎？就是因為我很愛家人，所以即使沒有夢想，也能夠咬牙撐下去。啊？這到底有什麼問題？」

本田對著權媽媽和香織絮絮叨叨，但腦袋深處似乎有另一個自己冷眼看著眼前這一幕，覺得「我真是丟臉……」。

那天晚上他醉得不醒人事，最後只能請朋子開車來接他回家。權媽媽輕鬆地用公主抱把整個人好像蒟蒻一樣的本田抱起來，然後走上樓梯，輕輕放在停在門口的車子後車座，對著誠惶誠恐地不停鞠躬道歉的朋子拋了一個媚眼，調皮地說：「沒關係，訶訶也有想要喝醉的時候。」接著又用勸導的語氣說：

「本田太太，重訓時都會摧殘肌肉，故意製造很多肌肉的創傷。雖然會因此造成肌肉痠痛，但不必擔心。受傷的肌肉在痊癒時，會比之前更壯、更有力，這種情況稱為超補償。」

「這樣啊……」

「家人也一樣，有時候相互傷害這沒問題。當和好之後，就可以建立更深的感情。這就是家人啊，如果是外人，很難做到這一點。」

「是……謝謝你。」

本田在朦朧的意識中，聽著他們說話，然後獨自在車上嘀咕說：

「我真的太丟臉了……」

幾天之後——

朋子找他「約會」。已經有多少年沒有兩個人單獨在外面吃飯了？本出努力回想，但只知道已經久得他完全想不起來了。

太陽從西邊出來了嗎？

無論本田怎麼問，朋子都只是笑著回答說：「這種事不重要啦。」朋子預約位在鄰町住宅區內的獨棟漂亮餐廳。留著白鬍子、看起來像是老闆的男人以開朗的笑容說：「歡迎兩位光臨。」然後帶著他們來到預約的座位。餐廳內比想像中更寬敞，所有的餐桌旁都坐滿客人，全都是情侶或是夫妻。

「這家餐廳可以讓人靜下心，感覺很不錯。」

本田坦率地表達感想，喝著杯子中帶著檸檬香氣的水。

「對吧？這裡的餐點也很好吃。」朋子微笑著說。

好像回到了結婚前——本田開始緬懷遙遠的過去，這時，餐桌旁響起一個年輕女生的聲音。

「歡迎光臨。」

本田驚訝地抬起頭看著聲音的主人，然後張大嘴巴愣住了。

那個女生穿著筆挺的黑色和白色制服，挽在腦後的頭髮看起來很清爽，身體挺得像弓一樣，臉上帶著靦腆的笑容。

即使沒有絲毫的偏心，他仍覺得女兒站在那裡很好看。

本田看向朋子，妻子露出調皮的眼神笑著。

原來是這樣。我被她們母女設計了——

本田突然感到渾身無力，輕輕發出「哈哈哈」的笑聲。

「今天我請客，爸爸和媽媽都好好享用，我會幫你們點菜。」

彩夏說完，轉身走向廚房的方向。本田目送著女兒毅然走遠的背影，發出既帶著高興，又有一絲落寞的複雜嘆息。女兒在不知不覺中長大了，長大之後，有朝一日就會獨立。他終於發現了這個理所當然的現實。

「你很驚訝嗎？」朋子托著腮，微笑著問。

「嗯，我覺得被妳們擺了一道。」本田也笑了，「朋子，謝謝妳。」他在說話時，才發現自己難得如此坦誠，感到有點難為情。

「嘿嘿嘿。」妻子害羞一笑。

晚餐吃的法式料理比想像中更講究，葡萄酒和餐點相得益彰，本田的味蕾自始至終都得到莫大的滿足。

吃完所有的餐點後，彩夏把一個精美的小紙袋放在桌上。

「嗯？這是什麼？」本田歪著頭問。
「當然是巧克力啊。」彩夏回答。
巧克力？
「啊呀呀，你在公司完全沒有收到嗎？」
朋子說完，噗嗤一笑。
「啊，原來今天是情人節！」
「答對了。」朋子豎起大拇指。
他看向紙袋內，發現除了巧克力以外，還有一封信。
「我先聲明，不可以在這裡看信。」
彩夏有點害羞地說。
走出餐廳後的回家路上。
他們一起走在路燈照亮的下坡道上，朋子挽起他的手臂。
「你看看彩夏給你的信啊。」
「啊？在這裡看？」

「嗯。」

「邊走邊看？」

「你不是很想趕快看嗎？」

他的確很想知道信上寫了什麼。「好。」本田點頭，打開白色信封，接著是折成三折的信紙。四葉幸運草的可愛信紙上，用藍色原子筆寫了工整的圓滾滾文字。

這封信的第一句話就寫著『爸爸，上次很對不起。』

本田看著朋子的臉。

「怎麼了？」

「不，沒事……我先看完。」

他再次低頭看信上的內容。

彩夏用好幾行的文字鄭重道歉，她說當時因為太難過，才想傷害爸爸。在道歉的內容後，充滿熱忱地寫著她想成為法式料理主廚的夢想。她說想要從事能夠為別人帶來喜悅的工作，想要看到別人喜悅的樣子，無論如何都希望成為主廚。但是接下來筆鋒轉變，寫字似乎也沒有剛才那麼用力。

『但是，我決定不再不顧爸爸的反對，堅持自己的想法。我會在日本學習廚藝，對不起，之前讓你為我擔心了。』

本田看到這行字，差一點停下腳步。但一方面是由於走在下坡道上，因此他繼續往下走。他覺得雙腳要求他繼續走，眼睛要求他繼續往下看。

彩夏在信的最後寫道：

『爸爸，等你重訓後成功瘦下來，變得帥一點的話，我們偶爾可以一起出門。』

當他看到『附言』時，差一點熱淚盈眶，但畢竟是在大庭廣眾之下，於是他用力深呼吸，讓眼角散熱，總算忍住了。

「彩夏寫了什麼？」

朋子抬頭看著本田問。

「她說要我努力重訓，等瘦下來變帥之後，可以和我約會。」

「是喔，那真是太好了。」

「是啊，所以在成功和她約會之前，暫時不能吃這個巧克力，妳幫我保管。」

「好啊，但如果我不小心吃掉，就只能對你說抱歉了。」

朋子笑了。

「不行，那是我唯一的巧克力。」

本田也笑了，把巧克力和信都遞給朋子。

朋子接過之後，仔細讀著。

本田從上衣口袋裡拿出手機，寫了一封簡短的電子郵件。他盡可能使用簡單的文字。

沒錯，愈重要的事，愈是輕聲低語。

『爸爸決定支持妳的夢想，妳去法國學廚藝吧，爸爸也會為了和妳約會努力健身。』

重新看了內容之後，覺得有點害羞，於是在最後加了個『笑』字。

「我看完信了。」

朋子說完，把信放回信封。她的眼眶已經濕了。

「那妳再看一下這個。」本田請朋子看了他剛才在手機上打的文字，

「怎麼樣？沒問題嗎？」

妻子用手肘輕輕戳著本田的側腹說：

「呵呵呵，老公，你太棒了。」

好，那就把電子郵件傳出去。

傳完之後，本田關閉傳送電子郵件的畫面。

手機螢幕上出現待機畫面。

小學生彩夏露出燦爛的笑容。

「呼。」本田輕輕吐出一口氣，抬頭看著冬日的夜空。讓耳朵都快凍僵的乾冷天空中，有許多星星在閃爍。

改天重拍一張照片作為待機畫面。嗯，下次要拍一家三口的照片——

本田下定決心，把手機放回口袋。

然後，他有一點害羞地用右手摟著朋子的肩膀，走向他們的家。

雖然昨天在健身房苦練的三角肌很痛，但那是舒爽的痠痛。

『附言☆謝謝爸爸、媽媽真心為我擔心，我很慶幸能夠成為你們的女兒，以後也請多指教♪』。

第二章　井上美鈴的解放

兩個五十歲左右、扯著破嗓子聒噪不休的上班族離開後，昏暗的「雲雀酒吧」終於恢復安靜。設置在天花板的BOSE揚聲器中傳來慵懶的古典爵士樂，婉轉悠揚的低音在店內飄蕩，營造出平靜的成熟氣氛。

這才是這家店應有的樣子……

井上美鈴坐在L形吧檯最角落的高腳椅上，那是她的固定座位。當她確認店內只剩下她一個客人後，安心地輕輕吐氣。

「剛才的客人在結帳時問妳是不是藝人，說妳太漂亮了，讓他們驚為天人。」

天花板附近傳來沙啞的粗獷聲音。

聲音的主人是這家店的老闆，也是美鈴常去的「SAB運動俱樂部」的健身同好之一權田鐵雄——暱稱權媽媽。他的身高超過兩公尺，全身肌肉炸裂，可以不費吹灰之力，輕鬆撂倒那些泛泛摔角選手。

「你怎麼回答他們？」

美鈴問，權媽媽向她拋了一個豪放的媚眼。

「我對他們說，妳雖然是藝人，但是同志藝人，結果他們瞪大眼睛說，即使在二丁目，也沒見過這麼漂亮的人妖。啊呵呵呵。」

「什麼？我是人妖！」

權媽媽一如往常的愛搞怪，讓美鈴忍不住大笑。

「如果他們知道妳其實是超紅的漫畫家，應該會跌破眼鏡。」

穿上酒保制服後，顯得英姿煥發的酒吧員工香織噗嗤一笑後，用清純的聲音說道。這個可愛的女生瞇起銀框眼鏡後方的眼睛，一頭黑髮綁著兩條麻花辮，再加上有一張娃娃臉，看起來就像是在學校當班長的高中生。

「是啊，如果我說自己是跨性別者，而且是專門畫血腥暴力漫畫的少年漫畫家，任何人都會大吃一驚。」

美鈴一口氣喝完冰塊融化後變淡的單一麥芽威士忌兌水酒，把空杯子還給權媽媽時，用帶著鼻音的嫵媚聲音問：

「這種事不重要，權媽媽，我想請你幫我一個忙，你願意聽我說嗎？」

「啊喲，我才不要呢。我的原則就是對比我更年輕漂亮的女生見死不救。」權媽媽調皮地說完後，岔開了話題問：「接下來要喝什麼？」

「嗯，我想想……香織，可不可以請妳為我調一杯拿手的雞尾酒？」

「好，沒問題。」

好像在角色扮演高中生的香織露出爽朗的微笑。

就在這時，閃亮的流星降落在美鈴的腦海中。

啊，這個角色可以派上用場！

美鈴急忙拿出皮包裡的大學筆記本，用潦草的字寫下「蘿莉女酒保」幾個字。

「那是什麼？是妳的靈感筆記嗎？」

權媽媽從標高兩公尺的位置探頭張望問道。

「嗯，對啊，我很害怕如果不隨時把靈感妙想寫下來，就會點子到用時方恨少。」美鈴回答後，再次用剛才的嫵媚聲音說：「權媽媽，我真的超害怕。只要想到沒辦法在截稿期前想出故事，胃就會抽痛。這次我打算畫主角龍助第一次被女生拒絕的場景，但一直想不到很高招的拒絕方式……你有沒有什麼好主意？」

「妳這個性感嫵媚的絕色美女，活到二十五歲，竟然不知道怎麼拒絕男人？」

「因為我每次不是道歉說『對不起』，就是一笑置之，告訴對方『不可能、不可能啦』。」

權媽媽把眉毛皺成了八字形，小聲嘀咕說：「真受不了。」然後轉頭對香織說：

「那妳為這個比我稍微漂亮一丁點的女人調一杯藍月。」

「好，我知道了，就是藍月亮，對嗎？」

「啊……那是什麼？」

「這．是．秘．密。嗯呵呵。」

權媽媽笑了，香織也擠出酒窩，露出意味深長的微笑，然後用和她的娃娃臉很不相稱的俐落動作搖著雪克杯，把所謂的「藍色月亮」倒進從冰箱內拿出來的冰涼雞尾酒杯中。

仔細觀察後，發現這杯雞尾酒並不是藍色，而是帶著一抹紫色，優雅的色彩中帶著一抹難以形容的妖豔。

「好漂亮……」

「是不是很美？這杯酒叫藍月。」

「喔喔，所以香織剛才說是藍色的月亮。」
「是啊。」
權媽媽說完，拋過來一個好像烏鴉在拍打翅膀般的媚眼。
「這可能是我第一次喝，為什麼要香織為我調這杯雞尾酒？」
「香織，妳可以告訴她藍月所代表的意思嗎？」
「好，這杯藍月所代表的酒語是『沒門』。」
沒門——嗎？
美鈴拿起酒杯沉思起來。
「沒門……就是暗示你不想聽我傾訴的意思嗎？好過分喔，我們不是一起在健身房流汗的戰友嗎？香織，妳說媽媽桑是不是很過分？」
美鈴徵求香織的同意，香織聳肩，微笑說：
「不，妳誤會了，其實媽媽桑已經回答了妳的問題。」
「什麼……」
美鈴抬頭看向權媽媽，權媽媽從遙遠的上方露出好像母親般慈祥的眼神低頭看著美鈴，但是他抱在胸前的手臂粗得像圓木柱，肌肉纖維高高隆起，看起來更像是身強力壯的爸爸。

「美鈴，妳聽我說，女生在酒吧遇到男生搭訕時，想要巧妙拒絕，就會點這杯雞尾酒。」

男生搭訕時……女生喝代表「沒門」的雞尾酒。

「這、這個點子可以用！權媽媽，你太棒了，我愛死你了！」

美鈴慌忙翻開剛才的大學筆記，快速寫下。

「啊啊，真是救了我一命。這下子我可以畫出很棒的劇情了。權媽媽，謝謝你。」

美鈴發自內心鬆了一口氣說完，拿起細長的雞尾酒杯，舉到眼睛前方，再次被藍月清透的藍紫色迷住了。

「這杯雞尾酒真的太美了。」

美鈴說完這句有點矯情的話，搽了飽滿唇蜜的性感嘴唇好像在輕輕親吻般啜飲了藍月。

「這個味道……基酒是琴酒嗎？」

「答對了。」香織回答說，「藍月用乾琴酒作為基酒，再加上紫羅蘭香甜酒……就是我們說的紫羅蘭利口酒，最後再加入少許過濾後，清澈透明的檸檬汁提味。」

「啊，等、等一下，我要記下來。」

美鈴把香織的說明記在筆記本上。仔細確認這種小地方很重要，這樣創作出來的漫畫才會有生命。魔鬼藏在細節裡。

「太棒了，我應該能夠畫出來。嗯！」

美鈴自我激勵地點點頭，用舌尖感受著帶著紫羅蘭妖豔香氣的雞尾酒。大腦也在同時充分運轉，思考著漫畫的劇情。

✦✦✦

卡地亞錶指向晚上十點。

差不多該回去工作室兼住家工作了，也許助手麻美還獨自在貼網點紙。

美鈴喝完第二杯藍月後，從高腳椅上起身。

「權媽媽，謝謝款待，今天差不多該回去了。」

「啊喲，妳回家還要繼續畫嗎？」

權媽媽伸出好像棒球手套般的手，做出了寫字畫畫的動作。

「對，要畫到天亮，必須趁喝醉之前就回家。」

美鈴遞了幾張千圓的紙鈔給香織。

「我很期待下週的『月光拳士』。美鈴，不對，是月影拓巳老師，請妳加油，我永遠支持妳。」

香織遞上找零的錢時，揚起少女般的天真笑容。

「月光拳士」是美鈴在少年漫畫周刊上連載的作品名字，由於內容很血腥暴力，便使用了「月影拓巳」這個男性的筆名。編輯部叮嚀，作者是女性這件事是最高機密。

這個世界上，除了編輯部和相關人員以外，只有茨城縣老家的家人、兩個學生時代的好朋友，助手麻美，以及權媽媽和香織知道這件事。雖然感到抱歉，但她甚至沒有向健身房的健身同好公開自己的職業。

美鈴從香織手上接過找零的錢後，輕輕在胸前揮著手說：「嗯，我會加油，那就改天見嘍。」她努力揚起嘴角，但自己也發現眼睛無法笑得很自然。

「權媽媽，改天在健身房見。」

美鈴揮揮手，但權媽媽沒有回答，只是帶著好像要看透她內心深處的平靜眼神注視著美鈴。

「權媽媽，怎、怎麼了？有什麼問題嗎？」

「唉。」權媽媽嘆氣，露出的眼神好像面對的是雖然不成材，但很可愛的學生。「最容易欺騙的就是自己。」

「咦……」

「這是英國一位政治家的名言。美鈴，妳不要被自己騙了。」

「什麼意思？」

「妳捫心自問一下就知道了。」

權媽媽拋了一個意味深長的媚眼，拿了一盒店裡給客人吃的Pocky極細餅乾棒給她。

「這個給妳，帶回去給妳的助手吃。」

美鈴走出酒吧的瞬間，再次聽到身後傳來香織天真無邪的加油聲，美鈴的胃就像條件反射般揪成一團，走上通往地面的階梯時，不禁有點想吐。

好不容易忍住反胃，用力深呼吸，來到小路上，發現腳下有一坨黑色的東西。仔細一看，發現是一隻黑貓端正地坐在那裡。美鈴經常在這家酒吧門口看到這隻黑貓。

之前曾經聽權媽媽提過，這隻貓……好像叫耆老。

夜晚的小巷內，耆老漆黑的毛看起來像貂皮一樣美，在霓虹燈和路燈下閃閃發亮。

美鈴用右手按著感到不舒服的胃，緩緩在耆老面前蹲了下來。耆老用祖母綠色的亮晶晶雙眼看著美鈴。

「耆老，我並沒有欺騙自己，對不對？」

她小聲說完後，伸手想摸牠黑色的下巴──

沒想到耆老轉身跑進大樓和大樓之間的縫隙，宛如幻影般融入黑暗中。

✦✦✦

回到住家兼工作室的高級公寓頂樓，發現助手麻美正在埋頭畫背景和貼網點紙。

麻美今年剛滿二十一歲，個性大而化之，無論截稿期再趕，她從來不會皺一下眉頭，工作效率無懈可擊，簡直就是助手的楷模，但她仍會積極安排時間和朋友去參加聯誼，或是去泡溫泉、露營，是充分享受人生的行動派。她懂得兼顧戀愛、玩樂和工作，每一件事都很認真——麻美的這種生活方法，有時候會讓美鈴露出羨慕的眼神。

至於美鈴，她在高中畢業後，就全心投入漫畫生活中，幾乎沒有好好玩過，只是過著日復一日的單調生活，全力以赴完成每週都會出現的截稿期，猛然回過神，發現已經二十五歲了。四捨五入的話，等於已經邁入三十大關。

從早到晚，從晚到早——從十八歲開始，就一直、一直關在工作室內畫漫畫，但她覺得這樣太缺乏社會性，生活太不健康，於是在四年前痛下決心，報名加入附近健身房成為會員。美鈴在那裡遇到一群熱衷鍛鍊肌肉的奇怪男人，仔細觀察他們的肉體後，畫漫畫角色的身體時，技巧越來越純熟，作品充滿朝氣。

美鈴總是以職業漫畫家的眼神，熱切地打量他們的身體，央求他們讓自己撫摸，然後用性感的語氣奉承他們「你的肌肉好猛」，感謝他們讓自己「上下其手」。沒想到那些肌肉男個個都被她迷得神魂顛倒，墜入情網，展開熱烈的追求。

美鈴親眼見識了他們絞盡腦汁想出的經典台詞，和各種戀愛的場景，然後在作品中加以運用。她筆下的主角漸漸成長為玩世不恭的花花公子，「月光拳士」的人氣跟著直線飆升。

如今，這部作品除了改編成電視動畫以外，還拍成電影，並在韓國、中國、台灣、美國和歐洲各國出版，成為超受歡迎的漫畫作品，美鈴的銀行帳戶的存款餘額持續增加，但是，她越成功，工作就更加忙碌，完全沒有時間花用這些錢。

「老師，妳回來了。」

「我回來了，麻美，妳工作到這麼晚，辛苦妳了。」

美鈴把權媽媽送她的餅乾棒交給麻美，走向自己專用的工作桌坐下，打開筆電，檢查電子郵件。除了電子報、廣告、垃圾郵件，還有幾封工作上的郵件，以及責任編輯西山詢問進度。

『月影老師，這個星期應該進入關鍵期了，請妳務必要撐下去——』

西山還傳了訊息，在答錄機上留下類似的聲援（其實是以聲援為名的催稿）。

「老師，剛才編輯西山先生打電話來，說他很期待下一期的內容，請妳加油。」

麻美滿臉幸福地吃著餅乾棒。

又來加油嗎？

美鈴想到這件事，胃就揪成一團，有一種被一隻無形的手緊緊握住的不舒服感覺。美鈴坐在桌前輕輕閉上眼睛，用力吸氣，然後刻意慢慢吐出來，再像往常一樣自我暗示。

沒問題。沒問題。沒問題。我可以加油，可以繼續畫下去，也能夠回應大家的期待……

「另外，茨城寄包裹來了。」

美鈴的老家在茨城，家人在老家務農。主要種地瓜，但除了地瓜以外，還少量種了另外十幾種農作物。

「啊？是嗎？在哪裡？」

「我放在影印機旁，不知道是不是像以前那樣，又是好吃的蔬菜。」

「不知道欸。」美鈴說完後起身，開始拆影印機旁紙箱的膠帶，麻美從後方探頭張望。

打開一看，發現果然是剛採收的新鮮蔬菜。

「哇，果然是蔬菜，而且還有泥土，看起來很新鮮好吃。」

「麻美，妳帶一些回家，我一個人吃不完這麼多。」

「賺到了！謝謝。下次我要找朋友來我家吃蔬菜咖哩開派對，老師，妳要不要一起來？啊……不行，不能讓別人知道妳是女生。」

麻美吐吐舌頭，聳聳肩。不可思議的是，她做這種誇張的動作特別好看。美鈴沒有回答，只是發出「呵呵」的輕笑聲，拿起放在蔬菜上的白色信封。信封的角落沾到了一點蔬菜的泥土，美鈴用手指輕輕撥開泥土，回到桌前，用剪刀小心翼翼剪開信封。

信封中有兩張完全不符合當下季節的繡球花圖案信紙，開頭的第一句話就是『院子裡的枝垂櫻開得很漂亮』。美鈴出生時，父親在院子裡種下這棵櫻花樹。每年就在院子正中央綻滿粉紅色的花朵，為季節增添華麗的色彩。

原來已經是櫻花盛開的季節了——

美鈴的腦海中清晰浮現枝垂櫻在院子內綻放的情景。這封信的第一行字，就喚醒了春風吹來，令人酥麻的感觸，和鬆軟農田的泥土氣味。但是當她一看到後面的內容，在她內心綻放的櫻花在迷霧中消失了。

『美鈴，妳最近好嗎？我們都很好，爸爸目前的狀況沒有惡化，我和爺爺、奶奶一起，一點一點慢慢做，勉強能夠搞定溫室和戶外的農田。

紙箱內的蔬菜都沒有使用農藥，可以放心吃。

對了對了，爸爸是妳漫畫的頭號粉絲，每個星期都伸長脖子期待「月光拳士」最新的內容，電視動畫也每集必看。

我知道妳工作很忙，但健康第一，不要累壞身體。妳從小就不懂得「量力而為」，所以我有點擔心。偶爾記得回家看看，媽媽給妳做好吃的。那就先這樣，改天再聊。母字。』

美鈴看完信，仔細把信紙按照原來的方式折好，放回信封，然後若無其事地站起身，走向廁所。美鈴沒有掀開馬桶蓋，直接坐在馬桶上，抽出捲筒衛生紙，用衛生紙捺著從眼瞼深處慢慢、慢慢滲出的溫暖淚滴，無聲地哭了起來。

美鈴的父親是嚴重的COPD患者，COPD是慢性阻塞性肺病的簡稱，因為抽菸等原因，導致肺泡壁遭到破壞，無法正常呼吸。由於身體稍微移動，就會造成呼吸困難，大部分時間都只能在家裡靜養，也因如此，導致肌肉逐漸流失，最終將會整天躺在床上。美鈴的父親即將進入最後的階段。

美鈴來到東京的一年後，才發現父親罹患了COPD，父親在生病之後，就漸漸無法再下田工作，不久之後，開始頻繁住院、出院的生活。雖然堅持按時服藥，同時進行胸腔復健，但病情完全不見好轉。如今只能插著氧氣管在家休養，勉強維持呼吸。

身為家中的獨生女，美鈴得知父親無法下田工作後，就開始寄生活費回家。雖然目前有花不完的可觀收入，但剛入行時，她必須節衣縮食，才能省下錢寄回家中。家人都異口同聲地對她說，不需要寄錢回家，但她對家人說：「如果真的不需要，就存去我的銀行帳戶」，還是每個月盡可能把省下的錢都寄回家。

就算美鈴寄錢回家，父親也不可能拿她的錢去旅行，母親也不會把父親丟在家裡，自己跑出去玩。年邁的祖父母也必須照顧農作物，不可能常常出去玩。美鈴雖然很清楚這些事，但仍然無法停止寄錢回家。因為在她的內心深處有一種罪惡感，覺得自己狠心把失去生活能力的家人留在老家，堅持走自己喜歡的路，她只是藉由這個行為來贖罪。

她坐在馬桶上哭了兩分鐘後起身，藉由深呼吸讓自己的心情平靜，若無其事地回到工作室。麻美正在專心工作，左手把餅乾棒塞進嘴裡，右手不停地畫著。

美鈴也坐在自己的工作桌前，把母親寄來的信輕輕放進桌子的抽屜內，想起了躺在床上的父親。

「小美，妳很會畫畫，以後可以當漫畫家。」

小時候，父親曾經無數次說這句話，摸著她的頭稱讚她。

回想起來，有父親的支持，自己才能夠成為漫畫家，實現這個遙不可及的夢想。當初也是因為從父親口中得知消息，才會去投稿參加少年漫畫雜誌的比賽。原本只是想試一試自己的實力，沒想到參賽作品竟然獲得大獎。當接到編輯部的電話，得知美鈴可以如願成為漫畫家時，父親高興得在走廊上手舞足蹈，簡直就像小孩子一樣。

如今，父親躺在病床上，引頸期盼自己的作品。

美鈴拿起有點變短的鉛筆，低頭看著潔白的稿紙。今天晚上必須畫分鏡，她在腦海中思考著使用在「雲雀酒吧」學到的藍月雞尾酒拒絕的場景，鉛筆在稿紙上畫了起來。

✦✦✦

窗外傳來麻雀的啼叫聲。

已經早上了……

美鈴坐在椅子上伸了一個懶腰，把鉛筆放在桌子上。中指上因為長時間握筆而長的繭隱隱作痛，這是專心工作之後才能體會的充實疼痛。

檸檬色的陽光穿越花卉圖案的窗簾，工作室內灑滿柔和的光線。

美鈴左右轉動脖子，關節發出喀喀的聲音。她走出工作室，走進後方的客廳。從對一個人生活來說，稍微有點大的冰箱內拿出罐裝啤酒和冰過的杯子，和開心果一起放在桌上。麻美在末班車前就回家了，所以她一個人舉行「今天又順利完工慶功會」。

在喝第二罐時，她覺得眼皮一下子沉重起來，差一點翻白眼，於是一口氣喝完了剩下的啤酒，走向客廳後方的臥室。

「啊啊，我撐不下去了……」

她小聲嘀咕著，倒在床上，三、二、一，後背沉入床中，墜入了沉睡的世界。

枕邊手機的震動聲把美鈴從夢中拉回現實。

是電子郵件。而且是工作上的電子郵件。她設定不同的震動節奏，能夠分辨是工作還是私人的電子郵件。美鈴從被子中伸出手，抓起手機。液晶螢幕上出現了責任編輯西山的名字。

『老師，辛苦了。昨晚的工作還順利嗎？我今天一整天都在編輯部，很希望可以瞭解您目前的進度，請您在時間方便的時候和我聯絡，請您本週也繼續加油，我很期待看到您的作品。』

加油……

期待……

胃又開始不舒服，她躺在床上感到輕微的反胃。她立刻刪除郵件，回到待機畫面。

一看手機上的時間，發現已經超過正午了。

美鈴慢慢下床，努力抵抗著渾身的慵懶走去漱洗。雖然沒有食慾，但還是吃了卡路里伴侶營養餅乾和柳橙汁，然後坐在電腦前檢查電子郵件。她正在回幾封緊急的電子郵件時，麻美來上班了。

「老師，早安。」

麻美一臉神清氣爽，幾乎讓人忘記她昨晚工作到深夜。

「早安，妳今天的裙子很漂亮。」

美鈴在說話時，忍不住同情仍然穿著皺巴巴居家服的自己。

「哇，太高興了。這是我上週新買的，我自己也很喜歡。」

「我記得妳男朋友喜歡妳穿很有女人味的衣服。」

「呃，我上個月已經和他分手了。」

「咦？為什麼？他不是很帥嗎？」

「因為他是媽寶啊。」

她們聊著這些平淡無奇的女生悄悄話，美鈴把熬夜畫好的稿子交給麻美。

「這些就麻煩妳了。」

「好的。」

這些就麻煩妳了——只要交代這句話，麻美就知道該怎麼做。美鈴深深體會到，有這麼優秀的助手是多麼幸福。之前因為工作太忙，曾經僱用了好幾名助手，但基於必須將作品品質放在首位的考量，最後只留下能幹的麻美。

「老師，妳該不會又熬夜了？」

「嗯，妳看得出來？」

「當然看得出來啊，妳一臉疲憊耶。」

「啊啊啊，真的嗎？好討厭啊。」美鈴說話時，雙手摸著臉，「但如果不熬夜就畫不完，又不能拖稿……」

「唉！」麻美雙手扠腰，誇張地嘆氣，用好像大姊姊的口吻說：

「老師，妳真的太老實了，我沒辦法像妳這樣。妳連續好幾年，都一直、一直按時交稿，偶爾拖稿一次又怎樣？妳可以宣布停止連載一個月，然後來一趟療癒之旅，去各地泡溫泉。我覺得就算妳真的這樣做，也完全沒問題。」

美鈴聽了麻美異想天開的發言，忍不住笑了。

「這個主意不錯，但如果我真的這麼做，責編西山先生可能會嚇出病來。」

「總比妳生病好多了。啊，但是如果妳停止連載一個月，我就沒薪水了，這倒是有點傷腦筋……」

兩個人一起笑了起來。

「那我就聽妳的話，今天傍晚去健身房。最近壓力有點大，就去好好紓壓一下。」

「好啊，好啊，我來對付這些稿子。如果有肌肉男帥哥，記得介紹給我。我其實很愛肌肉男。」

「喔？妳最喜歡哪裡的肌肉？」

「當然是前臂啊。」

「啊哈哈哈，妳果然很識貨。瞭解！那我在傍晚之前就好好努力。」

「好～的。」

傍晚五點。美鈴把麻美留在工作室，獨自去了健身房。她穿了一件低胸的粉紅色運動衣，出了名的好色阿伯老闆立刻靠過來。

「嗨，美鈴，妳今天也這麼美。」

「謝謝。你好。」

「妳是不是該點頭答應和我約會了？我知道銀座有一家很有情調的酒吧，要不要一起去喝酒？」

「嗯……我已經有『雲雀酒吧』了，不能移情別戀，但如果你可以用一百公斤的啞鈴臥推，我就考慮看看。」

「喂喂喂，妳以為我幾歲？再兩年就滿七十歲了，七十歲。可不可以減少到和我年紀相近的七十公斤？」

「不行喔。」美鈴笑著說完，走去重訓室。這個空間的熱情和其他地方不一樣，她目不轉睛地凝視著周圍那些肌肉男的肌肉。

狂妄自大的高中生阿俊走了過來，美鈴想要逗逗他，摸著自己的頭髮問：「我剪了頭髮，好看嗎？」少年撥著自己的瀏海回答說：「很不錯啊。」但他的語氣難掩害羞，根本就是乳臭未乾的小毛頭，但這就是他可愛的地方，美鈴忍不住逗他。

「阿俊，你的髮型很帥，如果弄亂一點，可能會更帥喔。」

美鈴在說話時，用力撥亂他的頭髮。

「啊，妳幹嘛！喂，不要亂摸我頭髮啦。」

雖然他嘴上這麼說，但面露喜色。果然是青春期的少年，讓人很難不喜歡他。

上班族訶訶用啞鈴在後方的健身椅上做臥推，仍然不時發出「呃呵呵呵」的奇怪聲音。金色雞冠頭的肌肉男是當牙醫的「醫生」。權媽媽在醫生旁，正拿著令人難以置信的巨大啞鈴訓練。

美鈴和這些熟客打招呼後，站在權媽媽身旁。權媽媽看著鏡子中的她問：「咦？妳怎麼了？」

「我打算認真健身，你願意教我嗎？」

「啊喲喲，今天是吹什麼風啊？」

權媽媽歪著頭，咚地一聲，把雙手的啞鈴放在地上。然後像昨晚一樣，用似乎可以看到內心深處的眼神，一動不動地注視著美鈴。

「我只是想紓壓，真的沒騙你。」

「好啊，健身無法欺騙自己，也許很適合目前的妳。」

權媽媽用粗聲粗氣說完後，抿嘴一笑。

「那就趕快教我。」

「知道了啦，美女要有耐心，不要這麼猴急。」

權媽媽在說話的同時，拿起一個剛才練習手臂彎舉時用的啞鈴，準備放回架子。這時，美鈴也用雙手拿起另一個啞鈴。正確地說，只能勉強拿到膝蓋的高度。

「美鈴，妳不要逞強，這個有三十五公斤，小心會閃到腰。」

「沒關係，我來幫忙收拾。」

美鈴雙手拿著三十五公斤的啞鈴，搖搖晃晃地穿越重訓室，然後想要放回架子上固定的位置，但是架子在她腰的高度，她遲遲放不上去。

權媽媽看不下去，朝她走去。

美鈴豁出去了，用上半身把啞鈴像鐘擺一樣擺動後，吆喝一聲「嘿喲」，舉到腰的高度，然後就像丟出去一樣，把啞鈴放在架子上的固定位置……她以為會成功，沒想到位置稍微偏了。

啪喀……

聽到這聲清脆的聲音，美鈴心想「完了」。她脫口慘叫一聲「好痛」。啞鈴沒有放上架子，她的手指被夾在架子和啞鈴握把之間，而且剛好是她平時握筆的右手食指。

✦✦✦

「不需要照X光，就知道骨折了，但還是照一下？」

一頭銀髮向後梳得整整齊齊，態度有點傲慢的骨科醫生問，美鈴有氣無力地回答：「喔……」

照不照X光都無所謂，她只希望醫生趕快治療。手指隨著脈搏的跳動，陣陣劇痛襲來，簡直痛得快噴火了。受傷的食指已腫得比大拇指更粗，看起來像明太子。

看了幾張剛照完的X光照，發現第一關節和第二關節之間的骨頭斷了。

「妳看，是不是骨折了？」

骨科醫生一臉得意地說道，然後用金屬板和膠帶固定了骨折的手指後說：「這樣就行了。」聽起來非常馬虎。

「酒精會促進血液循環，所以不能喝酒，喝了酒就會痛。洗澡的時候，用塑膠袋把手包住，避免弄濕。手指會痛的期間，最好只沖澡。嗯，三個星期後，骨頭應該會癒合吧。」

什麼叫骨頭應該會癒合！

「呃，醫生……」

「嗯？」

「我的工作是畫畫……」

「嗯，所以呢？」

「有截稿期，如果沒辦法畫畫，我會很傷腦筋……」

「哼。」醫生冷笑一聲，抱起雙臂，整個人靠在椅背上說：「又不是我造成妳的手指骨折，妳對我說傷腦筋，我也很傷腦筋，不是嗎？」

醫生用有點討厭的語氣說完，轉動椅子面對桌子，開始寫病歷。

是SAB運動俱樂部的工作人員開車送她來這家醫院的，但這醫生的態度實在惹人生氣。

以後再也不要來這家醫院了。

這個死老頭——

美鈴對著有點年紀的傲慢醫生背影輕輕吐出舌頭，年輕的女護理師見狀，低頭噗嗤一笑。

✦✦✦

「我回來了……」

美鈴回到住家兼工作室，在玄關慢吞吞地脫下鞋子。

「啊，老師，妳回來了。」

裡面的房間傳來助手麻美開朗的聲音。

麻美坐在桌前，像往常一樣埋頭畫著背景畫。

「麻美。」

「啊？」

「我闖禍了，妳看。」

美鈴伸出綁帶包著的食指，麻美用雙手捂住張大的嘴巴，說不出話。

「我剛才去醫院，醫生說骨頭斷了。」

「這……老師，怎麼會這樣？」

「我想把很重的啞鈴放回架子上，結果就被夾到。」

「……」

「我也知道自己太笨手笨腳……」

「笨手笨腳……如果老師無法把這些稿子入墨上線……」

就會拖稿──心地善良的麻美沒有把這句話說出口。「拖稿」就是無法按時交稿，會對編輯部造成很大的影響。不，考慮到「月光拳士」受歡迎的程度，不僅會影響到編輯部，更會讓整家出版社都蒙受很大的損失。

「這下子、慘了……」

美鈴說完，輕輕嘆氣，放在皮包裡的手機發出了嗡嗡的震動聲。那是工作相關的來電。美鈴用左手笨拙地拿出手機，看了一下液晶螢幕，以快哭出來的表情轉頭看著麻美。

「啊？不會吧？該不會偏偏在這個時間點？」

麻美把眉毛皺成八字形。

「對，就是偏偏在這個時間點。」

是責編西山打來的電話。

「唉，沒辦法，只能實話實說了。」

美鈴豁出去，按下通話鍵。

「喂？」

「啊，老師，您好，謝謝您平時的關照。不知道稿子的情況還好嗎？這次應該也OK吧？」

西山是剛進公司第二年的年輕編輯，雖然人不壞，但每次和他通電話，就很想叫他再去好好學一學敬語要怎麼說。

「目前為止都沒有問題。」

「啊，真是太好了。」

「雖然我很想這麼說，但不瞞你說——」

美鈴如實說明了事情的來龍去脈。

「啊啊啊！真、真的嗎？手指骨折，這真的會出大問題。這樣、就沒辦法準時交稿了吧？」

「也不是拖稿，很抱歉，我現在真的沒辦法畫……」

「但、但是，這真的會出大問題，我要怎麼向主編報告？」

「別擔心，我會實話實說，你可以把電話轉給主編嗎？」

「這、這怎麼行？如果讓主編知道我讓負責的作家受傷，就會變成我管理不周，那我就慘了。」

西山壓低聲音說。

「那要怎麼說？」

「……」

經驗不足的年輕編輯在電話的另一端陷入沉默，只發出像變態一樣急促而刺耳的喘息聲。

這個人真是沒出息……

美鈴覺得這個只想到自保的男人很可悲，不禁嘆氣。

繼續聽他的喘息聲，自己會想吐，正當她準備再次要求把電話轉給主編時，西山壓低聲音說：

「老師，這次就讓助手畫。」

「啊？」

美鈴看向麻美。麻美雙手放在桌子上，擔心地注視著美鈴。

只要我開口，即使熬夜，麻美也一定會完成，但是，我作品中的角色是我一手培養起來的，讀者等待的是我傾心傾力畫出來的作品。就算是信任的助手，也不可能完全交給她代勞。

「請你不要亂開玩笑。」

美鈴用稍微有點嚴厲的聲音說道，但這件事百分之百是自己的錯，她的態度無法太強硬。

「果然不行嗎？那……」

聽西山的聲音，他似乎下定決心。

「那什麼？」

「雖然有點難以開口，但可以請老師用中指、無名指和大拇指畫畫嗎？」

「呃……」

「雖然握筆有點困難，但應該不至於沒辦法畫。」

「……」

麻美察覺美鈴臉色大變，小聲問：「怎麼了？」

美鈴按住手機的收音麥克風，小聲地說：

「他要我用中指、無名指和大拇指畫……」

「什麼？那傢伙太過分了。」

麻美突然站起身，大步走過來後說：「老師，手機借我一下。」然後從美鈴手上搶過手機，氣鼓鼓地說：

「西山先生，請你不要強人所難。我和老師討論一下，再回你電話。」

麻美一口氣說完後，掛上電話，然後雙手拿著電話，緩緩看著美鈴說：

「因為太生氣就直接掛電話了，嘿嘿嘿。」

麻美露出可愛的笑容，美鈴噗嗤一笑。

「麻美，妳太厲害了，謝謝妳。」

麻美害羞地說：「對不起。」把手機還給美鈴。

原本以為西山會立刻打電話來，沒想到美鈴的手機很安靜。

現在該怎麼辦？

美鈴右手摸著臉頰思考起來。一旦拖稿，就會辜負數十萬名粉絲的期待，在老家對抗疾病的父親可能也會失望。

既然這樣，那就……

「麻美，我試試看。」

「試什麼？」

「試試看不用食指是否能夠畫畫。」

「啊？絕對沒辦法啊。」

「我只是試一下而已。」美鈴說話時，在自己的桌前坐下，然後用大拇指、中指和無名指握住平時用的筆。

雖然吃了止痛藥，但骨折的食指無法使力，劇痛的手指好像在灼燒，但她仍然用力咬緊嘴唇，在影印紙背面畫了漫畫中的角色。

「咦？」在背後探頭張望的麻美發出意外的聲音，「老師……沒想到真的可以。」

角色的輪廓的確沒問題，連她自己都感到驚訝，但離合格相去甚遠。因為角色沒有注入「靈魂」，可能因為滿腦子都被疼痛佔據，所以在落筆時缺乏氣勢。

「老師。」

「這根本不行……」

「啊？」

「角色根本沒有生命，完全感受不到呼吸，這種畫沒辦法面對讀者。」

「這樣啊……」

麻美很遺憾，一臉失望。美鈴也把筆放在桌子上，嘆著氣。

滴答滴答滴答……牆上的掛鐘發出了聲音。截稿的時間正在一分一秒逼近。

怎麼辦？真的……如果無法畫，就必須馬上向編輯部說明情況，請他們安排其他漫畫代打。編輯部隨時會有一次就可以刊完的新手漫畫家作品，或是實力派漫畫家的短期集中連載作品的庫存，應付類似這次的狀況，最晚明天一大早就必須通知編輯部，否則可能會造成嚴重後果。

「麻美，我還是直接打電話給主編。」

「如果打電話去編輯部，搞不好是西山先生接電話。」

「喔，對喔，但主編的名片上並沒有印手機號碼。」

「要不要假冒其他人的名字？」

「啊，好主意，麻美，妳真聰明。」

美鈴拿起手機，用非慣用的左手找到編輯部的電話號碼，正打算按下通話鍵——

布嚕布嚕布嚕……手機震動起來，液晶螢幕上出現「雲雀酒吧」幾個字。

「喂？權媽媽嗎？」

「對啊，啊喲，美鈴，妳真是的，手指還好嗎？我很擔心妳。」

雖然權媽媽的聲音很粗，但慈祥的聲音充滿關心。

「啊，不好意思，果然骨折了，但醫生已經幫我固定，不必擔心，而且還開了止痛藥。」

「啊喲，果然……當時就聽到很大的聲音，妳沒辦法使用右手的食指，既不能畫漫畫，連飯也沒辦法做吧？」

美鈴這才想起自己還沒有吃晚餐。想到這件事，突然覺得肚子很餓。麻美應該也還沒吃。

「嗯……你這麼一說，我才覺得肚子很餓。」

要不要去雲雀酒吧，請權媽媽做點什麼來填飽肚子——當她閃過這個念頭時，權媽媽說了出乎意料的話。

「啊喲，我就知道，那今天晚上就為妳提供特別服務。」

「特別服務？」

「對啊，雲雀酒吧到府服務。」

「啊？」

「啊什麼？妳不是什麼都沒吃嗎？我和香織去做一些好吃到讓妳流淚的佳餚，也會陪妳一起吃。妳家有什麼食材嗎？」

美鈴想起仍然放在影印機旁的紙箱。裡面是媽媽從老家寄來的蔬菜。

「有很多蔬菜……」

「啊喲，那我就來做耐放的蔬菜咖哩，今天晚上就來一場盛大的派對。」

蔬菜咖哩。剛好就是麻美打算邀朋友一起吃的菜色。

「權媽媽，真的方便嗎？」

「妳在客氣什麼啊？如果我不是真心願意，才不會特地關了店門去找妳，而且我覺得自己要負一點責任。我想妳也看出來了，我可是心思細膩的處女座。」

美鈴的眼前浮現權媽媽豪邁地拋媚眼的樣子。

「那我們現在出門了，妳就乖乖在家等我。記得把天花板架高一點，以免我撞到頭。」

美鈴笑了起來，「權媽媽，謝謝你。」說完之後，就掛上電話，然後帶著笑容，轉頭看向一臉擔心的麻美。

「麻美。」

「有！」

「今天晚上要吃蔬菜咖哩開派對。」

「啊？那稿子怎麼辦？」

「別管了，因為我的手指是藍月狀態。」

麻美微微歪著頭納悶，美鈴把藍月所代表的酒語告訴了她。

沒門——

✦✦✦

不到三十分鐘，門鈴就響了。

「啊，權媽媽來了。」

「我去開門。」

麻美跑去玄關，一打開門，立刻驚叫一聲「啊！」並向後退。跟在她身後的美鈴見狀，不禁一笑。

權媽媽太高大了，只能看到他脖子以下的部分，站在他身旁的香織穿著好像角色扮演的酒保服裝。不要說麻美，誰看了都會大吃一驚。

「讓・妳・們・久・等・了。」

權媽媽把頭探進門框內，拋了一個他拿手的豪邁媚眼。香織彬彬有禮地鞠了一躬。

「歡迎，拖鞋在那裡，但權媽媽……」

「我才不穿那種東西，穿起來簡直會變成布袋木偶。」

壯漢開著玩笑，走進家裡。

麻美最初看到權媽媽時人吃一驚，但聽到權媽媽說「真是可愛的助手，美鈴經常稱讚妳」之後，慢慢發揮出原本的親切好客，五分鐘後，已經像老朋友一樣和權媽媽談笑自如。

權媽媽和香織立刻去了廚房，俐落地把美鈴母親從老家寄來的蔬菜削皮。麻美以尊敬的眼神看著他們，在一旁幫忙。

「大家一起開心喝酒，才可以感受到料理的美味。麻美，妳也喝啊。」

「好，那我就不客氣了。」

三個人喝著權媽媽他們帶來的啤酒，在廚房笑得很開心。醫生要求美鈴不能喝酒，她只能含淚忍耐，但是看到親密無間的朋友聚集在自己家裡，相互開著玩笑，有一種奇妙的安心感。

回想起來，她十八歲來到東京之後，從來沒有像這樣放鬆心情，好好享受生活的經驗。沒錯，從來不曾有過……

「美鈴，妳不要因為手指受了傷就在那裡發呆，趕快來幫忙啊。」

「啊？我要做什麼？」

「有很多事可以做啊，像是有人搞笑，妳就要在一旁吐槽，或是和大家分享妳以前好笑的戀愛故事。」

權媽媽的話逗得大家都笑了。

「我想聽老師的戀愛故事。」

麻美用大鍋子炒著咖哩的食材，用活潑的聲音說。她和朋友一起玩的時候，應該也是用這種聲音說話。

「美鈴，妳這麼漂亮，一定有很多故事。」

香織的蘿莉臉上也露出害羞的笑容。

「只比我稍微漂亮一丁點。」

權媽媽說，大家又呵呵笑了起來。

「嗯……好笑的故事嗎……」美鈴的心情變得愉快，回想著往事，尋找好笑的題材。「啊，有了有了！我曾經遇過很驚人的告白。」

「啊啊啊，我想聽！」

麻美像小孩子一樣雙眼發亮。

「那是我高中的時候，我喜歡的足球社學長，在晚上約我去公園，然後在公園裡向我告白。學長打算親我，就在嘴唇快要碰到時——」

「啊！」兩個年輕女生和一個中年跨性別者尖叫起來。

「他好像有花粉症，突然轉過頭，打了一個很大的噴嚏，當他把臉轉回來時……」

美鈴停頓一下，看著大家的臉。

「咦？怎麼了怎麼了？那個學長怎麼了？」

麻美滿臉好奇。

「學長帥氣的臉上流滿了鼻涕，黏在他的嘴巴到下巴那裡。」

所有人都同時尖叫起來。好噁喔！

「學長張開黏了很多鼻涕的嘴巴，慌忙對我說，面、面紙，給我面紙！青春期的我看到自己喜歡的學長那張臉，打擊太大了。」

「嗯嗯，我懂，然後呢？」

麻美探出身體問。

「我忍不住轉身逃走了。」

所有人都捧腹大笑。

「啊哈哈哈，沒有面紙的學長，之後怎麼樣了？」

麻美拍著手，笑著問道。

「我怎麼知道？可能撿地上的樹葉來擦鼻涕吧。」

「樹葉！」

麻美笑得眼淚都流出來了。

「妳、妳這個女人，以前就是紅顏禍水。」

權媽媽笑得快流淚了，香織雙手捂著嘴巴笑翻了天。

「而且我隔天在學校剛好遇到那個學長，他對我說：『喂，昨天的事，就當作沒發生過。』」

「啊哈哈哈，他那樣說，根本分不清到底是指告白這件事，還是打噴嚏那件事沒發生啊。」

麻美一針見血地吐槽說。

「就是啊，被他這麼一說，我又再一次體會到什麼是『千年的熱戀也在一朝冷卻』。」

美鈴在說自己的往事時跟大家一起歡笑，但是她也有一點想哭。多久沒有體會過這種「平平淡淡的愉快時光」了？

她重新體會到遺忘多年的感覺，感動不已，內心感慨萬千。

美鈴用在食指上繞了很多圈的繃帶，輕輕擦拭眼瞼內側緩緩滲出的淚滴。雖然她假裝是因為往事太好笑，她笑得眼淚流下來，但也許權媽媽已經看出來了。即使這樣也沒有關係，這個世界上，有一個人知道我的所有也沒關係，而且這個人如果是權媽媽，那就更加無可挑剔了。

大家齊心協力完成的蔬菜咖哩簡直是絕品。因為沒有用市售的咖哩醬，而是自己用麵粉炒出稠度製作的。

「今天的咖哩雖然有點辣，是適合成年人的味道，但可以嚐到蔬菜的美味，太好吃了。」

麻美一臉陶醉地瞇起眼睛。

「對啊，這些蔬菜很甜，蔬菜棒也超級棒喔。」

權媽媽用自己做的蔬菜棒沾了用味噌和美乃滋調的醬，模仿兔子的臉卡滋卡滋咀嚼著。

「老家務農真的很棒，美鈴，妳回老家時會下田幫忙嗎？」

香織一臉天真，卻偏偏哪壺不開提哪壺。美鈴有點尷尬地搖搖頭。

「不瞞妳說，我已經好幾年沒有回老家了，工作太忙……」

「啊喲，那這次妳的手指受傷，不是很好的機會嗎？妳可以回老家多住幾天，偶爾當一個孝順的孩子。」

權媽媽在轉眼之間就吃完咖哩。

「但我的手指這樣，根本沒辦法孝順他們，可能反而讓他們擔心。」

「真是受不了。沒想到妳人長得漂亮，腦袋卻不靈光啊。做女兒的，只要回老家，吃媽媽做的菜就足夠了，這樣家人就已經很高興了。」

聽到權媽媽的話，她想起母親來信中最後一句話。

『偶爾記得回家看看，媽媽給妳做好吃的。』

母親在信中如此叮嚀。美鈴看著自己包著繃帶的食指。

「對喔，也許真的是這樣。我的手指受傷，可能是上天刻意的安排，要我偶爾回老家看看……」

「對啊，一定就是這樣。妳賺了這麼多錢，那就讓麻美好好放一次有薪假。」

嗯，好啊——

她正想這麼回答，突然聽到門鈴聲。

「是誰啊？宅配嗎？」

美鈴問話的同時，看著牆上的時鐘。已經晚上九點了。

「我去看看。」

麻美起身，接起對講機後驚叫起來。

「啊？西山先生？」

✦✦✦

「真、真好吃。」

年輕的責任編輯在權媽媽的催促下，獨自吃完蔬菜咖哩後表達感想。

「雖然很好吃……但是老師，現在沒時間吃咖哩……」

美鈴看著西山眼鏡後方那雙神經質的眼睛，搖搖頭。

「西山先生，對不起，我手指這樣，真的沒辦法畫。」

「但是，那就——」

坐在餐桌旁的西山探出身體，麻美用強烈的語氣打斷了他。

「沒什麼好但是的，老師剛才按照你說的，用大拇指、中指和無名指試著畫畫，但是沒辦法畫出有生命的線條，只能放棄。」

「有生命的線條……但是老師，全國的讀者都在期盼您的作品。既然您有這麼能幹的助手，我認為這次可以在您的指導下，請助手代替您完成。而且這位助手小姐以後也想成為漫畫家吧？只要說曾經是月影老師的影子畫手，以後漫畫編輯就會對妳刮目相看，待遇會不一樣。」

西山大言不慚地說，麻美故意用對方可以聽到的聲音重重地嘆氣說：

「如果我現在要喝雞尾酒，就會點藍月。」

權媽媽和香織都揚起笑。

「啊？那是什麼……」

「藍月這種雞尾酒的酒語是『沒門』。」

美鈴代替所有人回答。

「您說沒門，編輯部會很傷腦筋。」

西山噘起嘴——

「唉，我真是聽不下去了。」權媽媽用威力十足的粗獷聲音說：「年輕人，你是不是姓西山？」

「是、是啊……」

西山看到壯漢用力瞪著他，情不自禁坐直身體。

「你下次來我的店裡，我請你喝用伏特加、萊姆和君度橙酒調製的神風特攻隊雞尾酒。」

「啊？」

西山被權媽媽的氣勢嚇到，用力吞著唾液。

「香織，妳告訴他神風特攻隊雞尾酒的酒語。」

「好。神風特攻隊雞尾酒的酒語就是『拯救你』。」

香織露出可愛的笑容，鎮定自若地回答，然後推推成為班長標誌的銀框眼鏡。

「拯救你——嗎？」

西山戰戰兢兢地問，然後歪著頭。

「對啊，年輕人，你不是美鈴的責任編輯嗎？她目前陷入困境，除了你以外，還有誰能夠救她呢？」

「……」

「美鈴這七年來，扛著巨大的壓力持續認真工作，從來沒有休息過。」

「是……」

「這很不容易，年輕人，你有辦法做到嗎？」

「但這是兩件不同的事……」

西山像小孩子一樣噘著嘴，權媽媽突然用力抓住西山的上臂。

「好痛……」

「啊喲，年輕人，你的手臂這麼細，肌肉太少了，你心靈的肌肉似乎也不足——」權媽媽露出令人心裡發毛的笑容繼續說道，「練肌肉時，必須同時注重訓練和休息，才能夠讓肌肉強壯起來，如果一味努力，反而會導致肌肉流失。我認為你缺乏鍛鍊，美鈴缺乏休息。年輕人，你認為現在該怎麼做，才能讓你們雙方都更加強壯？我相信你只要稍微動一下腦筋，就可以知道了。」

權媽媽像棒球手套一樣的手抓住西山的手臂，而且還近距離瞪著他，西山抖了一下。但是他發揮出最後的自尊心，用發抖的聲音對權媽媽說：

「你、你是局外人，請你不要插嘴。」

「是嗎？年輕人，那就讓我最後再說一句。」

「……」

所有人都默不作聲，等待權媽媽的厚唇再次張開。權媽媽突然以溫柔的眼神看著西山，輕聲細語地說：

「你聽好了，人生中最重要的事，並不是遇到了什麼事，而是當發生事情時，自己怎麼做。無論發生任何事，只要接受就好。我們不可能改變過去，但是改變想法，可以把發生的事變成機會。年輕人，危機就是轉機，你懂嗎？你可以利用這次的機會，贏得當紅漫畫家的極大信賴，我相信對你的未來一定很有幫助。而且在這個節骨眼好好表現，還可以鍛鍊一下心靈的肌肉，你可以成為一個好男人。」

權媽媽說完，輕輕鬆開握著西山手腕的手，然後拋了一個豪邁的媚眼。西山被權媽媽的媚眼產生的風壓嚇得差點向後跌倒，但雙手向後一撐，總算穩住重心，然後沉思著低下頭。

只差最後一步了。再加把勁，就可以搞定這個沒出息的男人。正當美鈴閃過這個念頭時，香織柔聲說的一句話，成為壓垮駱駝的最後一根稻草。

「如果美鈴和其他出版社合作，事情不是更嚴重嗎？我認為你現在贏得漫畫家的信賴才是上策。」

「唉……」西山深深嘆氣後，終於認命地說：「你們輪番上陣對付我一個人……好啦，我現在就打電話給主編，要求停止連載一個月。」

所有人都露出鬆了一口氣和喜悅的眼神。

「西山先生。」

美鈴看著自己的責任編輯。

「什麼事？」

「謝謝你。」

美鈴的淚水在眼眶中打轉。她瞇起眼睛說。

西山有點害羞地抓著後腦勺，但似乎為了掩飾自己的害羞，他叮嚀美鈴：

「老師，您休假期間，至少要構思劇情。」

「好，我會好好構思。」

「另外，怎麼說……」

「什麼？」

「如果我被公司開除——」

「啊哈哈，怎麼可能？你不可能被開除啦。」

美鈴笑了起來。

「不，我是說萬一。萬一我被開除，就會去其他出版社，到時候——」

美鈴噗嗤一笑，點點頭說：

「別擔心，我不會拋棄你。」

麻美和香織互看一眼，臉上浮現微笑。

權媽媽粗壯的手臂突然用力摟住西山的脖子，簡直就像蟒蛇纏住小豬。

「嗚、呃，幹、幹什麼？突然……」

「喔，年輕人，你果然是該行動時毫不猶豫的男子漢，你下次來我店裡的時候，不要喝神風特攻隊——嗯，我請你喝黑醋栗蘇打雞尾酒。」

「黑、黑醋栗、蘇打嗎？……我快喘不過氣了。」

西山翻著白眼，喘著氣說。

「對啊，香織，妳告訴他黑醋栗蘇打的酒語。」

「好，酒語就是『你很迷人』！」

「啊喲，迷得我忍不住想要親你。」

權媽媽惡作劇噘起厚嘴，在西山的臉頰上發出啾啾啾啾的聲音。

「嗚哇哇哇，不、不、不要……這、這樣……」

西山的眼鏡掉下來，一臉快哭出來的樣子，大家都放聲大笑。

✦✦✦

慢車在地方支線的冷清車站停下來。

美鈴的左肩揹著一個大行李袋，下車來到小月台上，腳下拉出很深的細長影子。

芒果色的晚霞滿天。

青草和泥土的溫柔氣味——

美鈴目送著遠離的電車，用力吸著故鄉的空氣。

走出依然如舊的檢票口，穿越車站前的小型商店街，兩隻烏鴉飛過頭頂。熟悉的房子、招牌、商店、樹木、巷弄……放眼望去的所有一切都令她感動不已，同時發現了許多在這幾年之間改變的東西，不禁有點難過。

她走過鐘錶行倒閉後變成停車場的街角，走在冷清的住宅區內，不一會兒，就看到一個不大的公園。她在公園前右轉，前方是一片晚霞映照下的農田，零星的房子點綴其間。看到矗立在產業道路遠方巨大的銀杏樹，她很自然地加快腳步。

這時，放在大衣口袋裡的手機震動起來。是收到電子郵件的聲音。是麻美傳來的電子郵件，主旨是『夏威夷～♪』。

『老師，我最後決定參加夏威夷的優惠旅行團。這是我這輩子第一次出國，就決定把夏威夷作為我的海外旅行入門站，哈哈。我會帶伴手禮回來送妳！雖然下下週才出發，但我要先努力減肥（哭），還要買泳衣。老師，妳要好好照顧手指。請代我問候妳的家人♪BY 啊囉哈麻美』

美鈴看了麻美傳來的電子郵件，瞇起眼睛，「呵呵」笑了起來。在正式決定「月光拳士」停止連載一個月後，就決定讓麻美放有薪假，同時送給她一筆臨時獎金。

美鈴把手機放回口袋，繼續邁開步伐。

來到巨大的銀杏樹前後向右轉，正前方就是農舍的大玄關，她看著老家亮著燈的窗戶。

我回來了。

今天不是回到工作室，而是自己真正的家……

現在這個時間，全家人應該都在吃晚餐。呵呵呵呵。

美鈴想要調皮一下。她沒有從大門進屋，悄悄繞去後門。亮著燈的客廳窗戶飄出香噴噴的咖哩味道。

今晚吃咖哩。呵呵呵呵。

美鈴的左手輕輕握住後門的門把。

她緩緩深呼吸。

然後——

「我回來了！」

她很有精神地打著招呼，一下子打開後門。

事出突然，坐在餐桌旁的家人全都目瞪口呆地看著她。

爺爺、奶奶……嗯，看起來身體都很不錯。媽媽……啊哈哈，媽媽瞪人眼睛，愣在那裡。

坐在輪椅上的父親最先開口叫她：「小美……」雖然鼻子插著氧氣管，瘦了很多，但看著美鈴的眼神和以前一樣溫柔。

「妳、妳怎麼突然回來了？」

我就知道。美鈴猜到媽媽一定會這麼問，她說出了事先準備好的回答。

「那還用問嗎？當然是回來吃妳煮的好料啊。」

所有人都漸漸露出了溫暖的笑容。

美鈴用相同的笑容回應大家的笑臉，眼眶有點濕潤。

啊，快不行了。

我快哭了。

但是，在此之前——

美鈴對著心愛的家人伸出包著繃帶的食指。

然後，用像以前一樣開朗的聲音說：

「你們看我的手指，我要在家白吃白喝一個月，拜託嘍！」

第三章 國見俊介的雙翼

國見俊介把臉湊到男子更衣室的鏡子前，用指尖撥弄著瀏海，稍微調整了垂下的瀏海後，雙手放在Puma的紅色運動衣口袋裡，走上通往健身房的樓梯。

「阿俊，你現在才要去健身嗎？」

他在樓梯口遇到了美鈴小姐。

「對，我剛來。」

俊介向前伸伸下巴，用年輕人獨特的方式「鞠躬」打招呼後，低頭看著自己的腳尖。因為看到美鈴穿著低胸的運動衣，他不知道該看哪裡。

「是嗎？高中生，加油嘍！那我先回家了。」

這個健身房的頭號美女用指尖輕輕戳戳他心臟的位置，他不禁吞著口水。

「謝、謝啦……」

他對著邁開輕快腳步走下樓梯的姊姊打招呼的話有點莫名其妙。

當美鈴小姐苗條性感的背影消失後，俊介輕輕吐出一口氣。他稍微振作之後，走進玻璃門。在健身房的重訓區內見到熟人。

權媽媽最先看到俊介，舉起手向他打招呼。權媽媽高大魁梧的身材和壯碩的肌肉有一種不真實的力量，簡直就像是從暴力動畫中走出來的角色，他理了光頭，最近留起鬍子。雖然可怕的外表會把正在哭的孩子也嚇得不敢哭，但其實是個性豪爽、風趣幽默的跨性別者。他只對年齡這件事保密到家，不管怎麼問，他死都不會回答，除此以外，無論問他什麼問題，他都樂意回答，是很不尋常的大人。

正在開心和權媽媽聊天的是暱稱「老闆」的白髮大色胚老頭，他叫末次庄三郎，在東京都內經營一家小型廣告代理公司，聽說快七十歲，但他老當益壯，不像其他健身的人吃高蛋白粉，而是經常咕嚕咕嚕狂飲來路不明的中國製壯陽藥，下半身很勇猛。他來健身房不是為了練肌肉，真正的目的絕對是撩妹，今天又死性不改地說：

「權媽媽，有沒有什麼像年輕人那樣瀟灑的泡妞方法？」

俊介聽了很受不了，在內心嘆著氣，但他知道他們聊天的內容向來很有趣，於是向他們打招呼說「兩位好」，然後走過去。

「啊喲，這個年頭，想要瀟灑地撩妹反而不瀟灑。現在的年輕人，反而喜歡以前的日本男人那種直截了當的追求方式。阿俊，你說對不對？」

「啊？我、我不清楚。」

權媽媽突然這麼問他，他有點不知所措。

「阿俊，那你怎麼追女生的？你該不會還是處男？話說回來，你才十六歲，但是青春真讓人羨慕啊。」

聽到老闆說這種很沒禮貌的話，俊介有點火大，但自己的確還是處男，而且從來沒有正式交過女朋友。他知道原因在於自己的個性太內向，問題是到了他這個年紀，已經知道個性沒辦法說改就改。

但是，不能被這兩個大叔看輕。俊介這麼想著，抬起頭，正打算打腫臉充胖子地謊稱「我……」才不是處男——權媽媽為他解圍。

「啊喲，老闆，你說話太沒禮貌了，像阿俊這種傑尼斯偶像等級的男生，根本不用去追女生，那些活潑可愛的女生就會像海嘯一樣撲過來。他才不需要知道什麼追女生的方法，他向來都是被別人追。阿俊，我說的對不對？」

啪叮！頭頂上拋來一個媚眼，簡直就像有把黑扇子搧了一下。

「呃、不，也沒有……」

「原來是這樣，好啦，我知道有很多女生追你，但你應該有追女生的絕招吧？」

老闆油膩膩的豬肝臉轉向俊介，露出了色迷迷的笑容，這張表裡如一的臉，讓人無法討厭他。

「我沒有什麼絕招。」

「真的嗎？所以你最拿手的就只有紙飛機嗎？」

老闆語帶調侃地說，權媽媽歪著頭問：「紙飛機？」

「你不是很會摺嗎？」

老闆的表情並沒有惡意，戳戳俊介的肩膀說。

真是大嘴巴，幹嘛說出來……

俊介忍住嘆息，雙手插在運動服的口袋裡，然後不甘不願地嘀咕說：

「嗯，是啊……」

那是一個月前發生的事。俊介正在健身房的更衣室換衣服，老闆發現他的運動袋裡有幾只紙飛機。他以前就很擅長摺紙飛機，因為不希望別人覺得他個性陰沉，所以從來沒有告訴過健身房的其他健身同好這件事。

「啊喲，用紙飛機向女生告白太可愛，不愧是健身房的偶像明星。」

我什麼時候變成偶像明星了？

俊介莫名地害羞起來，抓著後腦勺。老闆從健身椅上起身。

「好，那你就幫我摺一架紙飛機。」

「啊？現在嗎？」

「對啊，就是現在。我跟你說，人生苦短，如果心動不馬上行動，等上了年紀之後，就會後悔早知道當初應該付諸行動。」

老闆豎著大拇指說這番話時，走向入口的櫃檯，向站在那裡的工作人員要來白色影印紙和油性麥克筆，然後遞給了俊介。

「俊介，給你，你就用這張紙幫我摺。」

「喔……那我就來摺。」

俊介不甘不願地接過紙。

要為他摺哪一款紙飛機呢？俊介翻著儲存在腦海中的紙飛機樣式，從包括原創款在內，大約有兩百種樣式中，挑選出盡可能接近心形的紙飛機。

那一款應該很適合。

嗯，好主意，而且可以飛得遠。

他挑選了就算是外行人都能很快學會，而且完成之後是漂亮心形的紙飛機，然後在健身用的健身椅上俐落地開始摺紙。他故意讓飛機的重心稍微偏離中心，當丟出去時，紙飛機就會旋轉，像回力鏢一樣飛回來，可以在空間狹小的重訓區試飛，只不過丟出去時有訣竅，必須讓機身傾斜後再用力丟出去，否則飛機就無法順利旋轉。

「好，完成了。」

「啊喲，阿俊，你太厲害了。」

權媽媽對俊介的俐落動作讚嘆不已。

「喔，看來每個人都有不同的才華。」

老闆接過紙飛機，同時稱讚著俊介。在他每天都去上學的那所狗屎高中，從來沒有人稱讚過他。

「好，那我就在這架紙飛機的機翼上寫『妳真可愛，我喜歡妳，請妳和我約會♪』。好，完成了，然後朝向那個正在騎腳踏車機的可愛女生——」

「咦？啊，不、不行啦——」

「飛吧！」

老闆沒有聽俊介的說明，就把紙飛機丟出去，而且只是有氣無力地輕輕一丟。這種丟法根本沒辦法讓紙飛機旋轉，也不會筆直飛出去，只會飛出微微的弧度。

「愛的紙飛機，飛吧！直撲那個可愛女生的胸部！」

一大把年紀的老頭浮現少年般的笑容，注視著在空中飛翔的情書去向。但是情書飛機搖搖晃晃地飛著，從中途開始慢慢轉彎。

「咦咦咦？怎麼會這樣？啊，轉彎了！」

「所以我剛才說不行啊——」

紙飛機轉了九十度，撞到正在用肩推訓練機的五十歲左右胖大嬸後掉在地上，而且正中胖大嬸的巨乳乳頭。

「啊喲喲。」

胖大嬸發出從她的外貌難以想像的聲音，俊介和老闆聽到她的聲音，愣在原地。俊介發現自己的手臂都起了雞皮疙瘩。

胖大嬸撿起掉在自己腳下的心形紙飛機，看到寫在機翼上的告白內容，露出驚訝的表情。她就像情竇初開的少女般羞紅臉，緩緩轉頭看向重訓區。

慘、慘了……

俊介這麼想著看向身旁，簡直說不出話。

老闆正伸出手指指向俊介，似乎在說「是他、是他」。

「才、才不是……」

俊介慌忙搖頭，但被大步走過來的胖大嬸氣勢嚇到，站在原地無法動彈。

胖大嬸走到俊介面前後，用發亮的雙眼注視著他，把心形的紙飛機遞過來。俊介稀里糊塗地接下。

「謝謝你的欣賞，但是很抱歉，你對我來說，有點太年輕了。」

「咦……咦……咦……」

「但是，你的心意讓我很高興，我會好好收下這份心意。謝謝你，呵呵呵。」

胖大嬸滿心歡喜地說完後，轉過身，搖晃著像豬一樣的大屁股離開了。

剛、剛才是什麼狀況？

俊介茫然若失，緩緩轉頭看向後方，發現權媽媽和老闆都背對著他站著。他們雙手拿著啞鈴，但肩膀微微顫抖。

「老闆，你太過分了……」

俊介快哭出來，那兩個人聽到俊介的話，終於忍不住大笑起來。

王八蛋。

大人果然糟糕透頂。

✦✦✦

天黑之後，俊介回到公寓。

他在玄關脫鞋子時，對著沒有人的黑暗小聲說：「我回來了。」

他沒有去客廳，直接走去自己的房間，打開了電腦的開關，接著把便利商店的冷便當放在桌上，用隨時會折斷的纖細免洗筷開始吃飯。

電腦打開後，他邊吃飯，邊看自己的部落格。昨天晚上寫的文章有兩則留言。俊介放下筷子，認真回覆了那兩則留言。

俊介從一年之前開始，偷偷寫這個名叫「紙飛機日記」的部落格。雖然只是一個樸實的部落格，但目前每天有三十名左右來自全國各地的紙飛機迷在部落格留下足跡，他還和其中幾個人在網路上密切交流，他為此暗自竊喜。最近常聊天的是一位在青森縣八戶市研究繩文文化的考古學家，對方在網路上的暱稱是「熊五郎」，同樣在網路上寫紙飛機的部落格，但不愧是學者，他寫的內容講解明確，十分周詳，很有參考價值。

俊介一口氣把剩下的便當扒進嘴裡，然後將在數學課上新開發的紙飛機摺法寫在部落格上。他用手機拍攝摺紙飛機的步驟，在介紹時附上照片，在最後附註製作時的注意事項，和試飛後的感想，然後就完成了。

寫完部落格，他就無事可做了。

房間內時鐘的滴答滴答聲格外大聲。

太安靜時，會感覺房間很大，於是他打開電視，躺在床上，順便把手機拿去充電。反正不會有人和他聯絡，最多只有還在加班的父親會傳電子郵件說「今天也會晚回家」，或是權媽媽或其他在健身房認識的大叔偶爾約他一起吃飯——就這樣而已。

俊介仰躺在床上，沒來由地嘆氣，然後從桌上抓起剛才在部落格上介紹的紙飛機，躺在床上試飛著。有著大機翼的飛機輕飄飄地在室內旋轉兩周，最後撞到牆壁，掉了下來。

這個世界太小了——

他對著天花板嘀咕著。

俊介的父母在六年前離了婚。

媽媽目前似乎和別的男人一起在東京某個地方生活，但他不清楚詳細情況。爸爸在業務繁忙的外商貿易公司上班，早出晚歸，就算在家裡也很少看到爸爸。雖然缺乏父母的愛，但父親提供充足的生活費，因此他可以隨心所欲購買最新推出的遊戲軟體和漫畫，可以開懷大吃各種零食，但是到了他這個年紀，已經充分明白到這種快樂很短暫。

比方說，獨自在房間內玩遊戲時，自言自語地嘀咕「啊啊，真好玩」，頓時感到空虛寂寞；無論吃再昂貴的零食，在自言自語地說「啊啊，真好吃」後，就會發出空虛的嘆息。

高中生的俊介已經瞭解到「快樂」這種感情的本質。

和別人分享的快樂可以加倍，可以更持久，但獨自體會的快樂就很微小，而且很快就消失。

同時，他用自己的方式分析「國見俊介」這個人的本質。他知道自己不擅長和別人打交道，他從小學六年級開始，就搞不懂如何讓班上的同學喜歡自己，如何和同學愉快相處。由於他不喜歡和別人相處，於是就整天躲在房間內一個人玩，差不多從那個時候開始摺紙飛機。

上了中學之後，他才真正迷上摺紙飛機。他曾經參加在附近河岸舉行的比賽，在滯空時間的比賽中，超越許多大人，奪得銀牌。

摺紙飛機固然很開心，但紙飛機在天空翱翔的身影更迷人。他對在遼闊的天空自在飛翔的「機翼」充滿嚮往。

他每次都選在深夜試飛摺好的紙飛機。他從位在公寓九樓的自己房間窗前，悄悄讓紙飛機出發，他丟出的白色紙飛機在夜深人靜的夜晚，就像是被施了魔法的精靈坐騎。尤其是皎潔月光映照下的機翼如夢似幻，彷彿拖著鱗片的尾巴，在黑暗中微微發亮，飛向遠方。每次凝望著這種夢幻的景象，他總是感到很不可思議。彷彿有一條無形的線，把自己和紙飛機連在一起。紙飛機飛多遠，內心就被這根「線」拉出去多遠。當這根「線」被拉出後，就能體會到一種獲得解放的快感。

他在小學六年級時懂得了什麼是孤獨，在中學的三年期間，有了更深的感受。上了高中之後，他還是「形單影隻」，仍然沒有朋友，沒有女朋友。雖然並沒有被霸凌，但在班上分組時，從來沒有人邀請他加入同一組。大家都對他漠不關心，被周圍人當空氣的日子看似輕鬆，但其實很痛苦。有時候他鼓起勇氣，主動和別人說話，但說完該說的事之後，就無法再繼續聊下去，和周圍的交集再次消失。

對俊介來說，學校這個地方就是「空蕩蕩的水族箱」——明明班上的同學就在附近移動，但即便用網子撈，也完全撈不到一尾魚——就是這樣一箱空洞無物的積水，所以俊介能夠用很簡單的四個字來形容這個世界。

糟糕透頂——

他在讀中學時，發現打造出這個糟糕透頂世界的大人，才是真正糟糕透頂。大人可以面不改色地把白說成黑，而且當被人指出這種矛盾時，還一副自己什麼都懂的樣子，盛氣凌人地說什麼：「社會就是這樣。」

「爸爸，你為什麼和媽媽離婚？」

他在小學五年級時問爸爸，但爸爸在面對這麼重要的問題時，也顧左右而言他。

「俊，對不起，大人有很多苦衷，但爸爸會很努力……」

難道當小孩子的，就算不知道父母離婚的真正理由，仍然必須回答「好，我知道了，爸爸，請你好好加油」嗎？雖然是小學生，仍無法接受這種事。

中學二年級時的班導師曾經這麼對他說：

「我說國見啊，你這麼狂妄自大，是因為你媽離開你，所以你才變得自卑嗎？」

俊介當時真的懷疑班導師腦袋裡裝的是大便。難道他認為，這個世界上有學生聽到這種問題，會回答「對，因為我沒有媽媽，所以很自卑」嗎？

除此以外，還有很多類似的事——總而言之，在俊介眼中，大人都糟糕透頂。他們基於自私，言行糟糕透頂，打造了一個糟糕透頂的世界，然後又不負責任地把小孩子丟進這個糟糕透頂的環境，最後還試圖把小孩子歸類成糟糕透頂的人，簡直無可救藥。無論是父母、親戚、老師、政治人物、上班族、藝人，還是那些整天在網路上罵人的酸民都糟糕透頂。

但是，他上高中之後，有了新鮮的發現。

這個發現很不錯。雖然這個世界糟糕透頂，但偶有例外。在健身房遇到的那幾個有點古怪的大叔和美鈴小姐雖然還是很糟糕，但他們的糟糕有點可愛。雖然他們通常被歸類為「怪胎」，但俊介覺得他們和其他糟糕透頂的大人有著根本的差異。該怎麼說，可能是「氣味」不一樣，也許可以說，雖然他們很蠢，但並不虛偽……比方說，就算周圍的大人會把白的說成黑的，但他們應該會一笑置之說：「白色就是白色啊。」因此對俊介來說，和他們同處一室的健身房這個空間，是世界上唯一不孤獨，糟糕透頂，卻可以露出笑容的「家」。

✦✦✦

週四那天，外面下著傾盆大雨，他在健身房體會到什麼是「晴天霹靂」。

他像往常一樣，在學校放學後去了健身房，懶洋洋地做運動，工作人員帶了一名新的會員走進來。那個人穿著合身的白色T恤，下身穿了一件粉紅色運動褲。俊介一看到她的臉，立刻從記憶底層的底層找到一個名字。

向山……惠那？

沒錯。她就是小學六年級時的同班同學，記得她當時參加吹奏樂社，在畢業的同時搬去很遠的地方。呃，之後——

俊介正在思考，沒想到和她對上眼。

「咦？你該不會是阿俊？你是國見俊介吧？」

惠那把帶她過來的工作人員晾在一旁，瞪大眼睛問。

「呃，是、是啊。」

「哇，果然是你！咦？你該不會忘了我？」

「不，我記得。」

「太好了。」惠那把雙手放在正在發育的胸部中心，又接著說：「我也記得你，而且我還留著。」

「妳還留著？」

「嗯，我搬家的時候，你不是送我那個嗎？我還留著。」

「那個？」

帶她過來的工作人員很識相地悄悄離開了。

「對啊，就是那個。」

俊介完全想不起向山惠那說的「那個」是什麼，但她一個人喋喋不休地說著。這種興奮的說話方式和以前一模一樣。當時，惠那是班上唯一不叫他「國見」，而是叫他「阿俊」的人，她現在仍然這麼叫俊介。她說話時誇張的動作，和眼角微微下垂的大眼睛，還有富有光澤的深棕色頭髮和短髮造型，以及右眼下方的哭痣，都和以前一模一樣。

無論怎麼看，向山惠那都和小學生時幾乎沒什麼兩樣，但不知道為什麼，俊介的視線無法在她的臉上停留超過五秒鐘。

「喔，阿俊，你的女朋友嗎？」

背後突然傳來一個聲音。轉頭一看，看到上班族訶訶面帶微笑看著自己。雖然他舉起沉重的啞鈴時，會發出「呃呵呵呵」的奇怪聲音，但是一個客氣有禮的親切大叔。

惠那立刻回答了訶訶的問題。

「不，不是！」

「啊哈哈，沒想到人家女生否認得這麼堅決。」訶訶開心地笑著說完後，打聲招呼：「那我就先去訓練了。」走向重訓區。

俊介看向重訓區，那幾個怪胎一如往常地發出獨特的氣場。權媽媽看到俊介，雙手送出熱烈的飛吻，俊介輕輕舉起手回應。

「呃……阿、阿俊，那個、很猛的人是誰？」

惠那大吃一驚，用只有俊介能夠聽到的聲音問。

「他叫權媽媽，只要熟了之後，就不會覺得他可怕了。」

「啊？媽媽？」

「他是跨性別者。」

權媽媽性感地扭著好像棕熊般龐大的身體，向俊介和惠那招手，當然還同時拋來重量級的媚眼。

「啊，他叫我們過去。」

「呃，等……不會吧？要去他……那裡？」

「沒事啦，妳熟了之後就知道了。我介紹你們認識。」

俊介邁開步伐，畏畏縮縮的惠那跟在他身後，剛才說話時的氣勢不知道去了哪裡。俊介又說了一次「沒事啦，妳熟了之後就知道了」，然後發現自己表現出一副在這裡很吃得開的態度，忍不住苦笑。

社交能力很好的惠那很快就和其他人「混熟」了。

不到二十分鐘，她就和重訓區那幾個個性很強的人聊得很開心。色胚老闆立刻向她打聽手機電子郵件的帳號，牙醫四海醫生硬是把牙齒形狀的名片塞給惠那，豎起大拇指說：「既然是阿俊的朋友，妳隨時可以來找我清牙結石！」權媽媽說：「如果妳想擁有巨乳，就要鍛鍊胸大肌打好基礎，千萬不要灌矽膠。」他一如往常地開著黃腔，開始指導惠那健身。美鈴小姐沒有打一聲招呼，就掀起惠那的運動褲的褲腳，雙眼發亮地說：「哇，太讚了！這麼漂亮的阿基里斯腱可以派上用場！」只有訶訶的反應很正常，算是發揮了中和劑的作用，只不過他說「惠那這個名字真混哪」的諧音冷笑話，把大家都冷死了。

那天之後，俊介就不時在健身房遇見惠那。俊介開始在意要在成為自己標誌的鮮紅色運動衣內搭什麼T恤，也比之前更常照鏡子。

「阿俊！」

惠那總是很親熱地向他打招呼，但俊介當然不可能用相同的態度回應，總是發出不耐煩的聲音回答說：「幹嘛？」然後有一搭沒一搭地和她聊幾句，惠那就向他揮手說「改天見」，轉身離去。

半個月後，富有社交能力的惠那除了重訓區的「怪胎」以外，也會和其他人輕鬆聊天。

「哇，你的肌肉好壯。」

俊介每次瞥到那些聽到惠那的直球稱讚，就樂不可支的單純男人傻樣，內心就產生了黑色的熾熱情緒，他想要抒發這些情緒，於是比平時更加勤練啞鈴。

「惠那，可以告訴我妳的電子郵件信箱嗎？」

「喔，好啊。」

每次眼角掃到這樣的場景，他就讓肌肉承受更重的負荷，折磨自己。惠那有時候會目不轉睛地看著他，但每次眼神交會時，就覺得屁股癢癢的，於是他迅速移開視線，若無其事地繼續健身。

總之，只要惠那出現在健身房，他就無法像平時一樣懶散耍廢。啊，可惡，真麻煩。

雖然他在內心抱怨，但是越抱怨，身體內側就湧起莫名的動力，於是他就更加逼迫自己，結果就變得幾乎每天都肌肉痠痛，以前從來不曾有過這種狀況。

這種刻苦重訓的日子持續兩個月，俊介發現身體出現變化。鏡子中的自己似乎變得成熟了，雖然體重沒有太大變化，衣服的尺寸也沒變，但感覺身體線條變得緊實，而且也壯了些。

有一天，權媽媽用像棒球手套般的大手抓著俊介的上臂，意味深長地呵呵笑著說：「阿俊，你最近越來越有男人味了，是不是惠那來了之後，你的男性荷爾蒙就開始噴個不停？」

「啊？你在鬼扯什麼……」

「啊呵呵呵，沒關係，不必掩飾，我全都看在眼裡，我會為．你．加．油。」

權媽媽拋了一個熱情的媚眼，俊介差一點跌倒。

✦✦✦

聽說期中考試結束的週五夜晚，要在權媽媽在車站前開的「雲雀酒吧」舉辦「星期『肉』聚會」這種名字聽起來就很蠢的宴會，俊介報名參加了。反正回家沒事可做，而且和這些健身房的同好在一起，一定會很開心。

「本店不能讓高中生喝太多酒，不能喝太多。」

通情達理的權媽媽聲明了這句後，同意俊介參加。

這天健身結束後，大家結伴走向雲雀酒吧。惠那並沒有在其中，她就讀的學校還在考試，她這一天也沒來健身房。

從車站前的圓環轉入冷清的巷弄，來到一棟老舊的大樓前，一隻妖豔的黑貓衝出來，對著大家「喵嗚」了一聲。沿著通往那棟大樓地下室的昏暗階梯往下走，有一道有點壓迫感的木門，木門內是只有在電視上看過的「大人的空間」。

「我的店怎麼樣？」

權媽媽問，但俊介沒有去過其他店，無法比較，但還是回答說：「感覺很不錯啊。」老闆打了一下他的頭說：「你這小鬼，不要口出狂言。」大家見狀，全都笑了起來。

一個戴著銀框眼鏡，皮膚很白的美少女站在吧檯內。雖然她穿著酒保的衣服，但因為綁著麻花辮，看起來就像是在玩角色扮演。大家分別向這位美少女點酒。

「香織，我要琴湯尼。」四海醫生說。

「我要生啤酒！」美鈴小姐說。

「妳今天也很可愛，我來幫妳看手相。」

說這句話的當然就是老闆。

「我和訶訶也要生啤酒，阿俊，你——」

權媽媽看著俊介。

「喔，我喔，呃……」

俊介幾乎沒喝過酒，並不太瞭解，只知道啤酒很苦。

「要不要我為你調一杯喝起來有點甜、很淡的酒？」

名叫香織的美少女酒保對俊介說，然後嫣然一笑。酒吧昏暗的燈光下，她的微笑太可愛、太迷人，俊介差一點感到暈眩。他坐在那裡發呆，坐在他旁邊的權媽媽戳戳他的臉頰說：

「你已經有惠那了，怎麼可以看我家的香織看到出神？」

「啊？聽、聽不懂你在說什麼？」

俊介驚慌失措地回答。其他人都調侃說：

「啊啊，果然是這樣啊。」

「我之前也覺得是這樣，她的阿基里斯腱太美了，誰都會被迷住。」

「喂，真的不是你們想的那樣，阿基里斯腱是什麼啦？你們真的別胡鬧了。」

但是，他的抵抗在乾杯的三十分鐘後就破功了。第一次喝的酒帶著甘甜滲入了腦袋深處，整個世界都漸漸變成玫瑰色。那幾個身經百戰的大人開始騙供，對他們來說，對付一個高中生根本就像是捏捏嬰兒小手般的程度，俊介變成他們玩弄在股掌之間的玩具。

「阿俊，我告訴你，人生真的很苦短，遇到喜歡的女生，如果不馬上告白，你遲早會後悔。」

老闆維持了一貫的論調，四海醫生接著說：

「對啊，還是你有什麼無法告白的理由嗎？」

「不，這倒沒有……並不是這個原因。」

惠那的臉浮現在五味雜陳的腦海中，這時，權媽媽落井下石地說：

「惠那很可愛，很真誠，在健身房超受歡迎，如果被人搶走，你真的會後悔。」

「……」

俊介想起那些他不認識的男人問惠那電子郵件信箱，她欣然告訴對方的樣子，喝了一大口加了蘇打水的甜酒。

「阿俊，我們所有人之中，只有你不知道惠那的電子郵件信箱。」

美鈴小姐的話讓他很受打擊。

「啊？不會吧？」

「是真的，就連我都知道。」

沒想到竟然連訶訶也在一旁幫腔。

「喂喂喂，你們不要欺負阿俊。你們應該明白，越是喜歡對方，越不敢問對方電子郵件信箱。」

權媽媽把大手放在俊介的後背，用難以置信的溫柔聲音說道。

「你打起精神，一定會很順利。」

權媽媽的語調，和拍著他後背的溫柔感觸，讓俊介不知不覺低下頭，小聲嘀咕說：「好……」

「哇，阿俊，你剛才說『好』！你承認你喜歡惠那！」

美鈴小姐拍著手說。

「啊？」

中計了。當他意識到這件事時，已經來不及了。四海醫生舉起杯子，用開朗的聲音說：

「好，我們一起聲援阿俊純純的愛！乾杯！」

「乾杯！」

大家都舉起杯子，用力碰杯。

事到如今，已經無法抵賴了。反正已經醉了，俊介覺得一切都無所謂。他一口氣喝完杯子中剩下的甜酒，抬起頭。

「可惡，大人真的糟糕透頂！」

其他人聽了他的話，都喜不自禁地拍著手。

在宴會即將結束時，俊介和老闆為一件事打賭。

「阿俊，我們來打賭，看是我先成功臥推七十公斤，還是你先成功臥推六十公斤。」

「啊？如果我輸了怎麼辦？」

「那你就要向惠那告白，如果我輸了，就放棄美鈴。」

雖然老闆對在他面前的美鈴小姐扮鬼臉說：「開玩笑啦！」但其他人都

跟著起鬨說「阿俊，你要加油」、「那就輸給老闆，乖乖向惠那告白」。

俊介察覺到有人看著自己，抬頭看向吧檯內，和美少女酒保香織四目相對。他覺得香織好像在向他點頭。

好、好吧，那就來較量。

「沒、沒問題。我不會輸。」

隔天之後，俊介比之前更加刻苦健身。權媽媽親自指導他臥推的正確姿勢，四海醫生總是笑咪咪地說「很好，還可以繼續推。好，再一次。不，再兩次。啊，我說錯了，還要三次」，把他逼到極限，他每天在健身房的訓練苦不堪言，但又很充實。

惠那來健身房的日子，他更加動力十足。因為如果賭輸了，就必須向她告白。

他偷偷瞄向惠那的臉，不知道為什麼，腦海中想像著被拒絕的情景，忍不住吞著口水。為了避免這種情況發生，絕對必須刻苦訓練。

幾天之後，就在他得知老闆終於臥推了六十七點五公斤的傳聞那一天，他發現惠那一臉愁容地走進健身房，低頭看著正在勤練啞鈴飛鳥的俊介。

「阿俊，午安。」

「午、午安。」

如果在平時，惠那會眉飛色舞地滔滔不絕，但這一天和平時不一樣，她說話的聲音聽起來有點奇怪。

「阿俊，你的樣子好像和之前不一樣了。」

「咦？會嗎？」

「嗯，該怎麼說，好像變得有點男人味？」

「呃……」

不知道是因為在重訓的關係，還是緊張的關係，俊介覺得心臟好像被從外側咚咚地敲擊，他無法發出聲音。在他身邊拿著巨大啞鈴做側平舉（訓練肩膀肌肉）的權媽媽代替他開了口。

「當然啊，目前正是阿俊能不能成為男子漢的關鍵時刻，阿俊，對不對？」

權媽媽拋了一個熱情的媚眼。

「成為、男子漢？」

惠那微微歪著頭。

「對啊，還有二點五公斤，就可以達到六十公斤臥推的目標了，他正在為達到這個目標努力。」

「是喔。」

惠那似懂非懂，俊介把啞鈴重重地放在地上，在健身椅上坐起來。

「妳的臉色好像不太好。」俊介說。

「是嗎？」惠那雙手摸著臉，笑容有點笨拙。

發生什麼事了嗎？

俊介正打算開口發問。

惠那粉紅色的嘴唇吐出意想不到的話。

「我下個月又要搬家了。」

「啊……」

權媽媽和俊介都呆若木雞地注視著惠那的臉，說不出話。

「唉唉，好不容易認識了你們這些健身房的朋友。」

惠那用開朗的語氣說，但這份開朗似乎反而訴說著她內心的不捨。

俊介悄悄深呼吸，不想被惠那發現。

事出突然，他說不出話。

「我說阿俊……」身旁傳來權媽媽粗獷的聲音，「我看你打賭還是輸了吧。」

「啊？」

「啊？」

俊介和惠那異口同聲地問，然後互看著對方。

什麼輸了？

惠那臉上寫著疑問。

俊介看著權媽媽，然後堅定地搖搖頭回答說：

「我不要，我要贏。」

才不要因為打賭輸了向惠那告白。

✦✦✦

惠那很快就要搬家了——

每次想到這件事，握著啞鈴的手就不禁用力。

從胃部周圍湧起的感情帶著不舒服的熱度，俊介靠重訓持續紓解。他不顧一切地逼迫自己，折磨全身的肌肉超過極限。遇到權媽媽和四海醫生，就請他們指導，把原本用來買遊戲和漫畫的零用錢都用來買營養補充品，充分攝取肌酸、支鏈胺基酸和高蛋白粉，徹底改變了之前整天熬夜的生活，也增加了睡眠時間。因為在睡眠時會大量分泌有助於增肌的成長荷爾蒙。

他的目標是成功臥推六十公斤。

只是六十公斤而已。

雖然他覺得只要訓練臥推使用的大胸肌和上臂的肱三頭肌更簡單，但在權媽媽的建議下，他也努力強化軀幹和肩膀周圍的深層肌肉。據說這樣有助於姿勢穩定，進步會更加迅速。

白天在學校時，俊介滿腦子都想著重訓的事，因此期末考試前一個下雨的星期四，在第四節課時，俊介也在偷偷看《肌肉大百科》這本書。

沒想到有人從後方推他的肩膀。他嚇了一跳，回頭一看，發現不苟言笑、一板一言的數學老師片桐低頭看著他，眼鏡後方那雙帶著理科男特有冷酷眼神的眼睛瞇起來。

「國見，現在是數學課，你在看什麼？」

片桐從俊介的課桌上拿起他昨天剛買的書，發出意外的聲音。

「喔？你竟然對重訓有興趣？」

我不可以有興趣嗎？雖然俊介在心裡這麼反嗆，但說出口的是另一句話。

「嗯，有一點……」

「這樣啊，你看起來很瘦小，有參加運動社團嗎？」

「沒有。」俊介小聲回答，微微搖搖頭。

「那你為什麼要重訓？」

關你屁事！死老頭煩死了——他努力不讓內心的不耐煩表現在臉上，回答說：「因為很有趣。」

「哪裡？」

「啊？」

「哪裡有趣？」

「嗯……」

哪裡？哪裡有趣呢？他問自己時，腦海中閃過惠那的笑容。

「長大很有趣。」

哼哼哼。片桐發出不屑的笑聲。

「比起靠肌肉長大，你更需要靠這裡長大。」

片桐指著太陽穴說。班上有幾個人發出竊笑聲。

「不是靠肌肉長大，是肌肉會長大。」

他感到很煩躁，忍不住頂了嘴。

哼哼哼。片桐再次發出笑聲，用厚實的《肌肉大百科》拍著俊介的頭，走向講台時，頭也不回地說：

「嗯，至少比什麼都沒有長大好一點。這本書先放在我這裡，如果你想要拿回去，就好好反省，放學後來辦公室拿。」

「……」

片桐把沒收的書放在講台上，又繼續開始上課，好像什麼事都沒發生。

不一會兒，又有人戳他的背。這次是坐在後面的柳井，雖然才一年級，卻已經在棒球社很活躍了。

「國見，有人傳紙條給你。」

柳井小聲說著，把摺得很小的筆記本紙條悄悄交給他。

紙條？誰傳給我？

俊介反手接過紙條，避免被站在講台上的片桐發現，然後在課桌下偷偷打開紙條。

『國見，你在重訓嗎？老實說，我最近超愛，你該不會很瞭解營養補充品？BY 辻野』

俊介看了紙條內容後，看向坐在相反側座位的辻野的方向。他和俊介一樣，沒有參加任何社團，但他公開表示自己熱愛摔角，身材壯碩。他沒有參加棒球隊，卻理了小平頭，眼尾下垂的眼睛很小，黑眼珠卻很大，有種「親切大哥哥」的感覺。

他和辻野對上了眼。辻野彎起手臂，把上臂的肌肉擠得鼓起，然後意味深長地咧嘴一笑。

俊介吞著口水。

進入這所高中後，這是第一次有人對他露出「朋友」的笑容。

俊介一時不知道該如何回應，最後對辻野豎起了大拇指，然後輕輕撕下自己的數學筆記本，以免發出聲音。

他在紙上寫了回覆。

『我對營養補充品還滿熟的，健身房有很猛的肌肉男，教我很多事。不瞞你說，我現在渾身肌肉痠痛。』

寫到這裡，他停了一下，深呼吸後，繼續寫道：

『這節課下課後，要不要一起吃午餐？BY國見』

寫完之後，他俐落地摺起來。他摺了一個重心在下方，機身細長，可以直線飛行的紙飛機，然後趁片桐在黑板上寫計算式時，把紙飛機丟向辻野。用印著藍色橫線條的數學筆記本摺的紙飛機好像在軌道上滑行，筆直穿越教室，飛向辻野的面前。辻野滿臉喜色地接住了。

辻野立刻打開紙條看了，露出調皮的笑容，用動作回答：「等一下一起吃飯！」

俊介再次豎起大拇指，點點頭，然後轉頭看向黑板，好像什麼事都沒發生，但是黑板上的算式完全無法進入腦海，只覺得內心有一股暖流，稍不留神，臉上就會自然露出笑容，他費了很大的勁，努力維持嚴肅的表情。

多久沒有和別人一起吃午餐了？

他在思考這個問題時，舒暢地吐氣，沒想到和講台上的片桐四目相對。

「國見，你不要看著算式笑，太可怕了。」

片桐的話讓教室響起哄堂大笑。

✦✦✦

那天晚上，天空下起濕答答的毛毛雨。

細雨打在俊介的身上，他騎著腳踏車去健身房。在更衣室換好衣服，來到重訓區時，那幾個怪胎已經聚集在那裡，等待俊介的到來。他不經意地尋找惠那的身影，發現她今天沒來。

「喔，主角終於出現了。」

訶訶說，雙手扶著腰。動作有點奇怪的老闆向前一步說：

「好，那就馬上來比賽。阿俊，你先上。」

老闆在說話的同時指著健身椅，權媽媽、美鈴小姐、四海醫生和訶訶都抱著手臂，站在健身椅旁。

今天就是和老闆約好打賭見分曉的日子。

「你不可以賴皮，如果你輸給我，就要向惠那告白。」

「我知道，但我不會輸。」

俊介脫下成為自己標誌的紅色運動上衣，交給權媽媽，捲起T恤的袖子，露出肩膀和上臂。和之前相比，手臂緊實了不少。

「阿俊，你先用輕一點的暖身一下。」

權媽媽把俊介的紅色運動服搭在肩上，拋了一個媚眼。

俊介輕輕點點頭，把十五公斤的槓片分別裝在槓鈴桿的左右兩側，把槓鈴的重量設定在五十公斤，然後緩緩躺在健身椅上。他握著槓鈴桿，調整呼吸，手臂用力，把槓鈴移開架子。

咦……奇、奇怪？

感覺槓鈴比平時重。今天的狀況似乎不太理想。也許是這一陣子訓練過度造成了負面影響。

但俊介仍然連續兩次舉起了槓鈴。

「喔，你看起來很輕鬆，看來目標的六十公斤沒問題。」

戴著眼鏡的四海醫生瞇起眼睛。

「稍微休息一下，就馬上開始比賽。」

權媽媽在槓鈴桿的左右各加了五公斤的槓片。現在總共六十公斤。那是俊介之前從來不曾試過的未知重量。

俊介在健身椅上坐起來，活動一下肩膀。露著乳溝的美鈴小姐用又白又嫩的手指摸著俊介的上臂，用嫵媚的聲音說：「你的手臂練得很壯。」但今天不能分心。

我絕對要成功——

休息了兩分鐘後，俊介再次躺在健身椅上。他吐了一口氣，提升專注力，握住槓鈴桿。

「阿俊，加油。」

訶訶說。

「只要你拚命，絕對可以舉起來。」

四海醫生也聲援他。他和美鈴小姐眼神交會，美鈴小姐揚起性感的微笑，緩緩點點頭。老闆雙手扶著腰，露出一副「讓我領教一下你有多大能耐」的表情。

權媽媽……抱著像圓木柱一樣的手臂，不發一語，以溫柔的眼神低頭看著俊介。

『我看你打賭還是輸了吧。』

權媽媽前幾天說的話在耳邊響起。

開什麼玩笑，我才不會輸。

俊介把槓鈴桿用力往上一推，從架子上移下來。沉重的重量幾乎壓垮他的手掌。

那是和自己的體重幾乎相同的重量。

好，那就一口氣舉起來。

俊介緩緩放下未知的重量，然後準備舉起抵在胸口的槓鈴桿。

六十公斤的槓鈴慢慢舉起。

但是，舉到一半時，俊介的手臂開始顫抖。

「好，你可以，舉起來！」

有人叫了起來。俊介咬緊牙關，激勵著大胸肌和肱三頭肌。手臂抖得更加嚴重，但想要舉起槓鈴的肌力和想要落下的重力僵持不下，槓鈴停在那裡不動。

慘、慘了。

體力會慢慢消耗，這樣下去會失敗……

自己果然還不行嗎？

就在這種膽怯的念頭閃過腦海的瞬間——

「不可以放棄！要當一個男子漢！」

一個粗獷的聲音響起。是權媽媽。

放棄？放棄什麼？惠那的臉突然浮現在意識有點模糊的腦海中。

「你拚死都要贏！」

權媽媽的聲音再次傳來。

好啦，吵死了，我拚死也會舉起來！

嗚噢噢噢噢——

原本僵在半空的槓鈴又慢慢動了。他可以感受到自己漲紅臉。

噢啦啊啊啊。

他不自覺地發出咆哮聲。

再撐一下。

再撐一下下。

我……

絕對……

不會輸！

他擠出最後一絲力氣。

當他回過神時，發現原本在發抖的手肘伸直了。

他終於舉起了六十公斤的槓鈴。

「喔喔喔！」

有人開始叫喊，接著聽到啪啪啪的鼓掌聲。

我、我成功了……

俊介把槓鈴放回架子，鬆開槓鈴桿。

「呼……」他同時發出很沒出息的嘆息聲，然後立刻在健身椅上坐起來，看著老闆說：

「我舉起來了。」

沒想到老闆露出像財神爺般的笑容，用前一刻扶著腰的手輕輕鼓掌。

「阿俊，你成功了！你先舉起來，你贏了。」

「咦？你不是也要舉嗎？」

「不，不瞞你說，我昨天晚上閃到腰了，決定棄權。」

「呃……」

難怪他從剛才就一直扶著腰，用奇怪的姿勢站在旁邊。

「反正不管怎麼樣，都是阿俊贏了。」權媽媽在說話時，把剛才交給他保管的紅色運動衣丟給俊介，然後轉頭看著老闆笑笑說：「老闆，那你就要按照約定，放棄美鈴。」

「啊？我才不要呢！我來健身房，就是為了來看美鈴啊。」

老闆就像小孩子鬧彆扭一樣說著，對美鈴小姐笑了笑。美鈴小姐用可愛得不得了的動作扮鬼臉，露出了調皮的笑。

「哇，當老闆的人，竟然說話不算話？」

訶訶笑著吐槽。

「真的太過分了，但既然老闆不遵守約定……」

四海醫生看著俊介，權媽媽又繼續說道：

「那阿俊也要毀約。」

「呃……」

就算贏了，也要向惠那告白的意思？

俊介打量著周圍的大人，所有人紛紛奸笑。

「呃……你們、該不會都串通好了？」

「什麼串通？太難聽了，我們只是剛好意見一致。」

四海醫生笑著回答。

「對啊。」美鈴小姐假惺惺地看了其他人後說。

俊介看著那幾個喜孜孜的大人孩子氣的表情，突然感到全身無力。他盤腿坐在健身椅上，氣鼓鼓地說：

「大人果然糟糕透頂。」

✦✦✦

隔週，惠那難得出現在健身房。

惠那開心地和認識的人聊天做完運動後，來到重訓區，然後有點嚴肅地向那幾個怪胎打招呼。

「那個……」

正在做重訓的那幾個人拿著啞鈴和槓鈴，轉頭看著惠那。

「呃……其實今天、是我最後一次來這裡。」

雖然說話的內容令人震驚，但惠那臉上帶著笑容，只不過和平時相比，那是開朗程度減少了百分之五十的寂寞笑容。

「謝謝你們在各方面都很照顧我。」

惠那說完，深深鞠躬。

「怎麼會這樣？又少了一個美女，叔叔會很寂寞。」

老闆沮喪地說。

「我會傳電子郵件給妳，妳以後也可以用訪客的身分來玩。」

訶訶說。美鈴小姐立刻接話，「以後再也看不到妳的阿基里斯腱了嗎？那最後再讓我摸一次。」說完之後，她就蹲下來，摸著惠那的阿基里斯腱。

「妳搬家之後，偶爾可以來找我清牙結石。」

「好，謝謝。」

四海醫生和惠那握手。

惠那抬頭看著權媽媽，權媽媽在比她高兩三個頭的位置，露出落寞的眼神低頭看著她。

「惠那，妳什麼時候搬家？」

「下週六。」

「那這一陣子會很忙。」

「是啊。」

「要搬去哪裡？」

「嗯，如果要說車站的話——」

惠那說了一個從健身房所在的車站搭JR電車，大約一個半小時的樞紐車站名字。並沒有俊介原本想的那麼遠。

「啊喲，沒想到這麼近啊，所以並不是一直都沒辦法見面。啊呵呵呵。」

權媽媽發出「啊呵呵呵」的笑聲時，意味深長地看向俊介，然後一如往常地拋了一個好像烏鴉在拍翅膀般的豪邁媚眼。惠那見狀，直視著俊介。

咕嚕……

俊介吞著口水，一個人驚慌失措地思考著該對惠那說什麼，但是，惠那搶先開口。

「聽說你成功舉起了六十公斤。」

「是啊……」

「你在這麼短時間就完成，實在太厲害了。」

惠那瞇起眼尾下垂的眼睛。

「那沒什麼啦。」

「不用謙虛，喔，你害羞了。」

惠那開玩笑說道。俊介發現全身的血都流到臉上。

「妳很煩欸。」

俊介故意冷冷地說，然後轉身背對著惠那走開。他走下重訓區，一屁股坐在肩推機旁的長椅上休息，拿起毛巾，擦拭臉上的汗。那幾個奇怪的大叔都眉開眼笑，一副準備看好戲的眼神，即便他想和惠那說話，也因此心神不寧。

他輕輕嘆氣，瞥向重訓區，發現惠那一臉好像遭到遺棄的表情看著他，但權媽媽不知道對她說了什麼，她露出像陰影下的花朵般的微笑。

「真是的……唉。」

俊介低頭看著自己的膝蓋，發出沮喪的嘆息時，一個六十多歲的女人坐在眼前的肩推機上，用只加了一片槓片的重量開始訓練。

俊介看到這一幕，突然想起一件事。

之前老闆曾經不小心把紙飛機的情書，射中了正在使用這台肩推機的胖大嬸乳頭，而且最後竟然變成是自己射的……

『你對我來說，有點太年輕了。』

他想起胖大嬸說話時滿心歡喜的樣子，抖了一下，但是就在同時，他的腦海中閃現了一個妙計。

紙飛機——

俊介猛然起身，對健身房一名工作人員說：

「我想借用一下紙和筆。」

「好，你等我一下。」

工作人員用熱愛運動的人特有的爽朗態度回答後，立刻拿了A4影印紙和原子筆給他。

「這個可以嗎？」

「嗯，可以，謝謝你……」

「等一下用完之後，請你把原子筆還給我。」

工作人員說完後，走向平台的方向。

俊介再次在休息長椅上坐下，快速在A4紙上寫下自己的手機號碼和電子郵件信箱，然後在椅子上細心地摺成紙飛機。

好，完成了，接下來——

他看向重訓區，發現惠那已經離開了。

他愣住了，剛好和權媽媽對上眼。權媽媽用好像法蘭克福香腸般的食指指向健身房門口，用另一隻手做出了「趕快去追！」的動作。

啊？

他看向玻璃門的方向，看到惠那的背影。

喂、喂，這麼快就走了嗎？

俊介慌忙從長椅上起身，跑向健身房門口。惠那已經走出健身房，緩緩走下樓梯。走下樓梯後向右轉，就是女子更衣室。兩秒鐘後，惠那就會右轉。

俊介立刻把手上紙飛機的機翼輕輕摺起一部分，讓紙飛機可以向右轉，然後從樓梯上方把紙飛機丟出去。

拜託了，希望飛到惠那面前——

按照俊介的劇本，紙飛機會一下子超越惠那，在轉向女子更衣室的方向後，撞到牆壁，掉在地上，惠那發現後撿起來。室內基本上沒有風，因此他很有自信，紙飛機會按照他規劃的路線飛行。

沒想到現實簡直糟糕到極點。

紙飛機飛出去後，受到空調產生的上升氣流影響，非但沒有飛向樓梯下方，反而往上飛，最後卡進日光燈和天花板的縫隙中。

怎麼、會有這種事？

他來不及驚訝。惠那已經走下樓梯，走進女子更衣室。

必須叫住她。現在還來得及。

「惠——」

他剛張開嘴，就把聲音吞回肚裡。因為他看到惠那走進去後，上次那個胖大嬸剛好走上樓梯。

「啊喲，原來是上次的弟弟啊，你今天已經練完了嗎？」

胖大嬸用親熱的口吻對他說話時，惠那的背影已經消失在女子更衣室內。

✦✦✦

那天晚上，俊介獨自去了遊樂場。

原本想玩格鬥遊戲發洩一下，沒想到連戰連輸，心情反而更差。

他用完了身上所有零錢，空虛地嘆氣時，肚子就像被打開開關般開始咕嚕叫。聽到這個沒出息的聲音，他覺得自己太可憐了，不禁連續深深嘆氣。

他從遊戲機台的椅子上起身，在夜色中，搖搖晃晃走向居住型市鎮的車站。雙肩散發出疲憊，踏上歸途的上班族走在車站的圓環周圍，發出輕微的腳步聲。

大家都要回到有家人等待的「家」──

這些人身上的樸素西裝都大同小異，俊介看著他們，想起了每天都很晚才回家的爸爸。

不知道爸爸是不是覺得目前住的房子是「家」？深夜下班回到家，打開家門時，看到只有臭臉兒子的冷清的家，會感受到家庭的安樂嗎？

算了，這種事不重要──

俊介把雙手插進口袋，走向車站的方向。但是快到車站時，他突然想起一件事，停下腳步，隨即轉身走向相反的方向，走進一條冷清的小路。

走了一小段路，看到熟悉的老舊大樓。那隻妖豔的黑貓端正坐在那棟大樓前。

「你好。」俊介向黑貓打招呼，沿著舊大樓的樓梯往下去，然後站在有點壓迫感的門前。他稍微遲疑一下，推開門，靜靜的爵士樂和菸酒的味道交織在一起，輕輕把他推向門外。

「歡迎光臨，啊喲，竟然有不良少年這麼晚來這裡，要叫警察來輔導了。」

權媽媽一看到神情有點緊張的俊介，就調皮地笑了。俊介看到他的笑容，暗自鬆了一口氣，輕輕嘆息著。

「我又不是來喝酒，有什麼關係嘛。」

他在空蕩蕩的吧檯前坐下來後反駁，店裡除了他以外，還有一對看起來關係不單純的中年男女坐在後方的桌子旁。

「啊喲，那你來幹什麼？我可不會在店裡教你重訓。」

「那你可以教我什麼？」

「啊喲，那還用問嗎？香織，妳說對不對？」

權媽媽問美少女酒保，香織拿著乾布，動作俐落地擦拭著杯子，噗嗤一聲笑了出來，用好像金絲雀般的聲音回答說：

「愛和人生嗎？」

「答對了，香織不愧是美貌僅次於我的美女，太聰明了。」

「先不要說這些了，可不可以先給我一點吃的……」

俊介在說話的同時，肚子又咕嚕叫了起來。

「你肚子的要求真迫切啊。」權媽媽笑道。

「如果不嫌棄本店特製的員工餐，我可以請你吃。」

權媽媽說完，俐落地為他炒了一盤烏龍麵。加了大蒜醬油調味的炒烏龍麵美味滿分。

「也太好吃了。」

權媽媽對著狼吞虎嚥地吃著炒麵的俊介說：

「失戀的時候，有人食不下嚥，有人卻會覺得整天肚子餓。」

「啊？」

俊介停下前一刻不停夾麵的筷子，抬起頭。權媽媽正看著他。

「愛上一個人，然後又失去對方的人，比什麼都沒有失去的人更美。」

「什……什麼意思？」

「那是一部名叫《跳越時空的情書》的電影中的經典台詞。」

香織正在調製一杯淺色的雞尾酒，代替權媽媽回答。

他們到底想說什麼？

他們似乎知道自己今天在健身房告白失敗的事……不，但是，這不可能啊……

俊介內心七上八下，權媽媽緩緩抱起像圓木柱般的手臂，露出凝望遠方的眼神。

「但是，只有努力不讓自己失去所愛的人，才是真正的美，一開始就放棄的人，即使失去了所愛的人，也不會太美。」

「你從剛才到現在，到底在說什麼啊？」

「我在稱讚你，你全力以赴，付出努力，所以很美，可惜那個有點失靈。」

「啊？」

「廢話少說，趕快趁熱吃。」

「……」

俊介再度低頭吃著美味無比的炒烏龍麵，權媽媽在吧檯內不知道打電話給誰，最後對著電話說：「那就明天七點見，Ciao。」掛上電話後，站在俊介的面前。

「明天又要在這裡舉辦『星期肉聚會』，你也一起來。七點開始，你可別遲到了。」

「呃……但是七點的話，重訓呢？」

「明天大家都休息。對肌肉來說，偶爾徹底休息是很重要的。」

「……」

「你到底要不要參加？」

反正明天沒事，回家也沒有人。如果去健身房，其他人都不在的話很無聊。

「那我要參加，啊，謝謝你請我吃好吃的炒麵。」

「不客氣。」權媽媽聽到俊介的回答，露出了笑容。

✦✦✦

隔天，俊介在七點準時推開了「雲雀酒吧」的門。

「你好。」他隨口打著招呼，巡視昏暗的店內的瞬間——直接愣在原地。

他看到了獨自坐在吧檯深處的女生。

是惠那。

除了惠那以外，店內沒有其他客人。

惠那抬起頭，向俊介輕輕揮揮手，又立刻低下頭。她似乎正在用手機傳電子郵件。

「這麼準時，了不起啊。」

權媽媽調皮地笑著說。

「其他人還沒到嗎？」

「對啊，今天是本店的公休日，當然不會有其他人。」

權媽媽泰然自若地回答。

「咦？」

這是怎麼回事？

俊介這才發現自己被權媽媽設計了……

「這個給你，是我要送你的禮物。」

俊介仍然站在門口，看到權媽媽交給他的東西，不禁大吃一驚。

「啊！為、為什麼……」

俊介手上拿的是熟悉的紙飛機。

「以我的身高，可以輕鬆摸到樓梯上方的日光燈。」

俊介這才終於瞭解權媽媽昨天晚上為什麼會對他說一些奇怪的名言。原來權媽媽什麼都知道。他用力吸氣，正想對露出惡作劇笑容的權媽媽抱怨，沒想到他的手機響了。是收到電子郵件的通知。一看螢幕，發現是陌生信箱寄來的。

是廣告郵件嗎？他納悶地打開收到的郵件，看了第一行字，慌忙抬起頭，坐在吧檯前的惠那也剛好看著他。

『我是惠那，原來你在寫紙飛機的部落格，等我搬家安頓好之後，我會去看。要把我的電子郵件信箱記下來。』

俊介看完之後，輪流看著惠那和權媽媽。

「我問了權媽媽你的電子郵件信箱。」
惠那靦腆地說。
「啊？不要隨便把我的郵件信箱告訴別人。」
「啊喲，真是對不起啊。」
權媽媽翻著白眼，扮著鬼臉，說話的語氣沒有絲毫的歉意。
「真是……難以相信。」
雖然他嘴上數落著權媽媽，但還是回覆了惠那的郵件。
『我已經儲存了，搬家很辛苦，妳要加油，我會努力重訓。』
寫完之後，按下寄出鍵。
手機螢幕上出現紙飛機飛出去的動畫影片。
「好了好了，天已經黑了，好孩子要回家了。」
權媽媽說話的同時拍拍手，似乎在趕人。
「啊？我才剛來啊。」
「你廢話少說，記得要送惠那回家喔。」
權媽媽真是太雞婆了。

✦✦✦

兩個人一起走出酒吧，夏天的味道融化在夜風中。俊介這才想到，快要放暑假了。

走在他身旁的惠那窸窸窣窣地從側背包中拿出了什麼給俊介看。

「就是這個。」

「啊……」

那是用紅色的紙摺的心形紙飛機。

「小學六年級時，在我要搬家的那一天，你在教室裡摺了這個紙飛機，然後飛到我面前。」

「啊？」

啊，他想起來了……

「唉唉，你果然忘記了，我當時還以為你會向我告白呢！」

惠那瞪著他，開玩笑說。

「……」

「沒想到上了高中後再次搬家時，同一個人又摺了相同的紙飛機給我。」惠那原本瞪著俊介的雙眼移向夏日的夜空，深有感慨地嘆氣，然後又轉頭看著俊介說：「雖然你讓紙飛機起飛了，但並沒有送到我手上。」說完，她呵呵笑了起來。

「那是因為空調的風有問題。」

俊介不悅地說著，雙手放進口袋。帶著夏日氣息的晚風把背上的T恤吹得啪答啪答作響，感覺格外舒服。車站越來越近，惠那看著車站的方向，小聲說：

「我想問一下——」

「什麼？」

「這次的紙飛機是向我告白嗎？」

「呃……」

身旁的惠那轉過頭，邊走邊看著俊介。夜晚的路燈在惠那的眼中好像星星般閃爍。

如果現在無法說出肯定的答覆，自己就會變成糟糕的人，於是他稍微用力吸了一口氣，然後微微顫抖地吐著氣說：

「對了，妳會不會餓？我們去吃飯。」

「啊？什麼意思？這是約我的意思嗎？」

「如果妳不願意，那就算了。」

「哇，你這個人真的太不坦誠了。」

「少囉嗦啦，到底要還是不要？」

他們在說話時，經過車站，一起走向家庭餐廳。

「既然你這麼盛情邀約，那我就勉為其難答應吧。」

俊介聽了惠那的回答，聳聳肩，故意用力嘆氣。這時，平時很少有動靜的手機竟然響了。

「啊，有人傳電子郵件給我。」

八成是爸爸，不然就是權媽媽來揶揄自己。他這麼想著，看著手機螢幕。

「誰啊？」惠那問。

「啊……」

「啊什麼？誰傳給你的？該不會是女朋友？」

俊介噗嗤一笑。

「別鬧了，是班上的同學。」

「是喔。」

「真是的，幹嘛在這種時候傳電子郵件給我。不好意思，我先回一下。」

「嗯。」

『嗨嗨，我在外面，和朋友在一起，晚一點打電話給你。謝謝你寄郵件給我！』

俊介有點害羞地寫完之後，寄給辻野。手機螢幕上出現紙飛機的影像。

「OK！」

「嗯。」

惠那的臉近在眼前，他覺得握在手上的手機好像在呼吸。

「這就是臥推六十公斤的手臂，不知道以後可以臥推幾公斤。」

惠那突然握住俊介的上臂時——他忍不住皺起眉頭叫了一聲：「好痛。」

「啊？怎麼了？」

惠那大吃一驚，鬆開手。

「肌肉痠痛……」
惠那聽了，露齒一笑說：
「這樣啊，原來你為了我這麼努力。」
「啊？」
「聽說你為了向我告白，卯足全力。」
「啊？」
「老闆告訴我這件事。」
「啊啊啊！等一下，怎麼會這樣！」
惠那呵呵笑了。
「可惡！那幾個死老頭，真是糟糕透頂。」
惠那在笑的同時，挽住他的手臂。
雖然糟糕透頂，但是——
俊介還來不及想下去，惠那從下方探頭看著俊介說：
「這種時候，不應該說糟糕透頂，應該說太棒了，不是嗎？」
下班回家的上班族邁著疲憊的步伐走在他們周圍，這些人從早到晚工作，然後正準備回自己的「家」。他們為了家人，努力工作一整天，辛苦了一整天。

他想起爸爸從來沒有在他面前抱怨過工作——

俊介抬頭看著遙遠的夜空。

也許是因為今晚的天空有點陰沉，完全看不到任何星星，只有月亮所在的位置亮起朦朧的月光。

「應該說，大人——」

「嗯。」

「糟糕透頂得超棒，但是……話說回來，偶爾也不錯啦。」

俊介帶著滿足的心情說。惠那笑著說：「什麼跟什麼啊。」

遠處響起汽車喇叭的聲音。

俊介聽到這個聲音，沒來由地覺得自己即將展開新的人生。這一次，他對著夜空說：

「所有人都是糟糕透頂得超棒！」

第四章　四海良一的蜻蜓

晚上七點。

牙科醫生四海良一走進SAB運動俱樂部的健身房大門，就覺得自己的臉部肌肉放鬆了下來。

「你好，你好。」

他舉起手，向認識的工作人員和會員打著招呼，像往常一樣走上重訓區。

「啊，醫生，剛才很謝謝你。」

健身房內最嫵媚動人的美女美鈴像往常一樣，摸著四海的大胸肌，嗲聲對他說。如果是普通的男人會誤以為美鈴在挑逗而起色心，但四海這種經常遭到她「蹂躪」的人就知道，那只是她打招呼的方式。

「幸好沒有蛀到神經。妳下次來找我，我可以幫妳清牙結石。」

今天白天的時候，四海為美鈴治療了蛀牙。

「哇，太高興了。」

美鈴微微歪著頭，滿臉喜色的可愛樣子，吸引了健身房內那些野獸的目光。

四海巡視著重訓區，發現幾個熟面孔都笑著向他舉起手。上班族訶訶、經營廣告代理公司的色胚老闆，還有狂妄自大的高中生阿俊。留著鬍子、身高超過兩公尺的超級肌肉光頭男權媽媽的氣場最強。

「啊喲，四海醫生，你今天的雞冠頭比平時更有型了。」

權媽媽雙手各拿一個四十五公斤的啞鈴，扭著身體，一如往常地拋了一個媚眼。四海已經習慣了，第一次看到的人，恐怕會被權媽媽媚眼的「風壓」吹倒。

「權媽媽，你好，你今天的牙齒還是那麼白，啊哈哈。」

「醫生，你的斜方肌很硬，太美了。啊喲討厭，我大白天竟然就硬了起來。」

其他人看到權媽媽用巨大的啞鈴遮著胯下，都忍不住笑了。只有正值青春期的阿俊不知道該看哪裡，一臉不悅，反而讓人覺得更好笑了。

「權媽媽，這麼小的啞鈴，怎麼遮得住你巨大的小弟弟？」

雖然年屆七十，但下半身仍然很勇健的老闆趁機起鬨說，權媽媽也笑著回答：

「啊喲，我說老闆啊，雖然我這裡還有特大號的球棒和球，但不是棒球用，而是壘球用，所以不好意思，以後不要稱它是小弟弟，要叫小妹妹才對。」

眾人聽了權媽媽的反擊都哈哈大笑起來，但仍然繼續各自的重訓。這正是四海最愛的和睦景象。

「啊，說到妹妹，訶訶，你女兒還在法國留學嗎？她最近好嗎？」

老闆問正在用史密斯機練習深蹲的訶訶。

「嗯，聽說還不錯，只有偶爾才和我們聯絡。之前暑假時她突然回來，只覺得她越來越囂張，對我這個爸爸也未免太冷淡了，和她媽媽倒是像朋友一樣。」

訶訶雖然抱怨著，但眼睛瞇了起來。可以感受到他很愛女兒。

「女兒都這樣，我女兒青春期的時候也整天臭臉。」

「啊？老闆，你女兒也這樣嗎？」

「對啊，全天下所有的女兒都一樣，十幾歲的某個時期都不想理爸爸。」

「原來都這樣啊。」

「這就是俗話所說的『父親的悲哀』。」

老闆說到這裡，突然轉頭看著四海。

「咦？四海醫生，你們家好像還沒有孩子？」

「啊？啊哈哈，是啊……」

四海說話向來像機關槍，但只有遇到這個話題時，舌頭的反應很遲鈍。

「你太太不是很漂亮嗎？我勸你還是趁早生孩子，你已經四十歲了。如果那個的話，要不要試試壯陽藥？雖然是中國製造的，但效果很讚喔。」

老闆露出意味深長的笑容，但說話的語氣聽起來不像在開玩笑。

「不不不，這就、啊哈哈……」四海笑著掩飾，但總覺得笑聲很空洞，而且表情很僵。他不經意地轉過頭，輕輕嘆氣，斜後方傳來跨性別者粗獷的聲音。

「你這個色老頭，管人家夫妻的性生活太失禮了，管好這裡就足夠了。」

叮！

權媽媽用粗大的手指彈向老闆的胯下。

「啊！好痛！」

老闆的叫聲破音，大家拍著手大笑。

因為權媽媽及時相救而避免尷尬的四海無奈苦笑，抬頭看著權媽媽。權媽媽對著四海偷偷露齒一笑，拋了一個比平時低調的媚眼，但再怎麼低調，還是有著像麻雀拍翅膀等級的威力。

✦✦✦

四海重訓結束後，沖了澡，向健身房內的熟面孔不停地揮手打招呼——改天見。拜拜。睡覺前記得刷牙。偶爾要記得用牙線清潔牙齒的縫隙。辛苦了——坐進了停在停車場的賓士車。

關上駕駛座的厚實車門，頓時被寂靜籠罩。他發動引擎，播放最近很喜歡的神級美聲團體「聖堂教父」的CD，輕輕踩著油門，開著愛車上路。

駛入國道後，開了一段路，來到經常光顧的那家便利商店所在的路口。他在路口左轉。直線前進就是回家的路，但他今天想一個人開車去兜風。

上了首都高速道路灣岸線後，他一路西行，在立體匝道左轉後，駛向工業區的海邊。

夜晚的工業區沒有人煙，有點像異次元空間。奇形怪狀的工廠佇立在黑暗中，乍看之下，好像沒有任何規律的無數黃燈，將黑夜染成淡淡的棕黃色。

車子駛入好像棋盤般筆直的道路後，他踩下油門。車子無聲地加速，四海的後背壓在椅背上。左右兩側的風景呼嘯著向後飛去，沉澱在四海內心的憂鬱似乎稍微減輕了些。

不一會兒，他在遠處圍著工廠的鐵網旁，看到發出明亮燈光的自動販賣機。這台自動販賣機好像遭到遺棄般，孤伶伶地站在路旁，他沒來由地產生親近感，停下車來。

去買罐咖啡好了——

他走下車，抬頭仰望帶著一抹黃棕色的奇妙夜空。

噹、噹的金屬聲以固定的節奏在頭頂上方響起，腳下的草叢中傳來蟋蟀的哀歌。

四海買了一罐熱咖啡，把車子停在路旁，沿著人行道向南走了五十公尺。用鐵網圍起的廠區後方是一片黑色的大海。

海風不時呼呼地吹來，吹動成為他個人標誌的金色雞冠頭。

巨大的貨船停靠在左手後方禁止進入的碼頭，他定睛細看，發現甲板上有看起來像是外國船員的身影，正忙碌地走來走去。

接下來該怎麼辦……

四海輕輕嘆氣。

他並不是不想回家，但不能否認，內心深處的確有點意興闌珊。

「明天早上就要看診，還是回家吧。」

他故意出聲說道，回頭看著自己的賓士車。細長形的煙囪在愛車後方林立，伸向黃棕色混濁的夜空。煙囪前端冒著濃煙，但幾乎都被風吹向側面。

他想起那天和今天一樣，是一個風大的日子。

他怔怔地看著工廠的煙被海風吹散，漸漸消失的樣子，想起三年前的「那天」，剛滿五歲的女兒葉月變成乾裂的白骨碎片和白灰的「那天」。位在近郊的火葬場煙囪和眼前的工廠煙囪很像。

四海一口氣喝完鋁罐內所剩不多的咖啡。照理說，重訓之後口很渴，但他並不覺得咖啡好喝。

一隻蟋蟀在他腳下唱歌。

四海再次抬頭看著那片工廠的煙囪。

那天以來，又經過三次四季的變化。如果葉月還活著，現在就是小學三年級的學生。

葉月是三年級學生？不知道她會是怎樣的女孩……

雖然他努力想像，但腦海中浮現的是五歲的葉月躺在病床上，露出無力的微笑。

四海從夾克的內側口袋拿出手機。

他開機後，打開相簿。相簿中都是葉月兩歲到死去的五歲期間所拍的照片。

噹、噹。工廠發出的金屬聲震撼了黃棕色的夜空。

細長的煙囪吐出大量煙霧。

潮濕的夜風帶著淡淡的海水味道。

四海從最早的照片開始，依次仔細欣賞著幸福時光的照片。接下來是哪一張照片——他記得相簿內所有照片的順序。

這本相簿不會再增加新的照片。

他像往常一樣，吞下感傷的嘆息。

每翻一張照片，相簿中的葉月都充滿活力地成長，但從中途開始衰弱，然後就停在了五歲。

✦✦✦

四海的住家在世人眼中，或許可以稱為「高級」公寓。他穿越入口大廳，搭上電梯，到了九樓走出電梯後，走向位於東側邊間的家。可能是因為剛才吹了潮濕的海風，衣服好像變重了。

打開厚實大門的門鎖，走進玄關。他看向走廊盡頭的玻璃門，發現客廳還亮著燈。

他脫下鞋子，對著燈光打招呼。

「我回來了。」

這四個字被吸入昏暗的走廊後消失。

妻子由佳沒有回答。

四海用力深呼吸，表情肌用力，擠出「笑容」，沿著走廊走進去，打開客廳的門後，又說了一次「我回來了」。

「你回來啦。」

由佳回答的聲音沒有起伏。她正坐在桌前看筆電。

「由佳，妳聽我說，今天在健身房真是笑死我了。權媽媽竟然用這麼粗的手指彈了老闆的胯下——」

他一如往常，像機關槍一樣滔滔不絕，然後隔著桌子，在由佳對面坐下。由佳仍然低頭看著筆電螢幕，根本沒有抬頭。她可能在逛網路。

「是喔，權媽媽還是老樣子。」

由佳的回答聽起來心不在焉。

四海不以為意，繼續滔滔不絕。

他用力提起臉頰的肌肉，維持比平時更燦爛的笑容。

四海說話時並不期待由佳會回答，他說著說著，雙眼不由自主地看向由佳身後的矮櫃。那裡有一張全家還有「三個人」時的照片。那是全家第一次去迪士尼樂園時的照片，是還沒有發現葉月罹患兒童癌症之前，日常幸福生活中的一個場景。

照片中從左到右，分別是四海、葉月和由佳，三個人相互依偎，臉幾乎碰在一起，笑得幾乎看不到眼睛。那是只有相信自己的未來絕對沒有任何不幸的人，才會有的天真笑容。

四海繼續說著，對著低頭看著電腦螢幕的由佳繼續說著，對著在由佳身後的照片中展現笑容的葉月說著，也對仍然無法放下眷戀的自己說著——說著今天多麼開心，是活得多麼有價值的一天。

說了一陣子後，他感到口乾舌燥。

四海保持著「笑容」，暫時停下來。

客廳內頓時鴉雀無聲，瀰漫著靜謐，很怕沉默的四海吞著口水。

就在這時，原本看著電腦螢幕的由佳抬起頭，看著四海。

這是他回家之後，他們第一次互看。

一秒鐘、兩秒鐘。由佳只是看著四海，並沒有說話。

四海感到坐立難安，幾乎快窒息了，慌忙準備開口說話。

就在這時——

「欸。」

由佳搶先小聲開口。

「呃……」

「你是不是口渴？要不要喝啤酒？」

由佳微微歪著頭問。同樣是微微歪頭的動作，妻子做起來沒有美鈴那麼可愛，反而有一種無精打采的感覺。四海看著這樣的妻子，不禁想要嘆氣。

「嗯，好主意，我正好口渴，妳怎麼知道？」

由佳緩緩站起身，沒有回答四海的問題，從廚房的冰箱內拿出冰過的罐裝啤酒和杯子。

她只拿了一個杯子。

「給你。」

「喔，謝謝，喝啤酒果然要用冰過的杯子才好喝。」

由佳把啤酒和杯子輕輕放在四海面前說：「那我先去睡了，晚安。」說完之後，就轉身離開了。

「啊，呃……」

「什麼？」

「沒事……我只是覺得健身完之後喝啤酒，簡直是一大享受。」

「只是這樣？」

「嗯。」

「晚安。」

「嗯，謝謝妳，晚安。」

由佳反手關上客廳的門，四海注視著她消瘦的背影，說話機關槍射出了今天最後一顆子彈。

啪答。

門關上的同時，機關槍的子彈也用完了。

四海獨自留在客廳，嘴裡發出短促的嘆息，維持「笑容」的臉頰肌肉慢慢放鬆下來。

他把啤酒倒進了冰過的杯子，看著矮櫃上的照片。

一家三口在閃亮的空氣中，在小相框內展現燦爛笑容，沒有任何不安和恐懼，心情也很平靜。

自己現在是否能夠對由佳揚起和照片中的自己相同的笑容……

他思考著這個問題，疲憊頓時爬上背脊。

「唉。我開動了……」

他拿著冰涼的杯子，對著葉月的笑容嘀咕。

滴答、滴答、滴答……

牆上掛鐘的秒針開始強調自己的存在，客廳感覺比平時更寬敞了。

四海一口氣喝了半杯啤酒，喉嚨涼涼的，感覺很暢快，但想起由佳剛才的背影，他打不出嗝，反而很想嘆氣。

四海突然想到一件事，放下杯子，從椅子上起身。然後緩緩鑽到桌子底下，縮著身體，抬頭看著桌板的背面。

ㄨㄛˇ ㄗㄨㄟˋ ㄞˋ ㄅㄚˋ ㄅㄚˋ ˙ㄉㄜ ㄐㄧ ㄖㄡˋ

桌板背面寫了這句話，每一個字寫得有大有小，一看就知道是小孩子寫的字。這是葉月得知自己死期不遠後，瞞著四海和由佳寫下的無數塗鴉之一。

爸爸今天也去重訓了——

四海看著令他心生憐愛的塗鴉，在內心小聲說。然後，他慢慢從桌底下爬出來，一口氣喝完剩下的啤酒，拿起手機，從通訊錄內找出一個熟悉的號碼。

雲雀酒吧──

四海按下通話鍵，聽著電話鈴聲。

「這裡是雲雀酒吧，讓您久等了。」

鈴聲響了三次，就聽到了香織很有禮貌的悅耳聲音。

「喂，香織嗎？妳好，我是四海。」

「啊，醫生，你好，上次很感謝你。」

不久之前，四海為她洗牙。

「吧檯目前有空位嗎？」

「有，空得不得了。生意太冷清了，媽媽桑都在打呵欠，呵呵呵。」

電話中傳來香織的笑聲。四海的腦海中浮現了一身酒保制服，戴著銀框眼鏡的美少女笑容。

「為了以防萬一，可以為我保留我的固定座位嗎？我等一下就慢慢走過去。」

「好，沒問題，有人能聊天媽媽桑會很高興的。」

「啊哈哈，那就一會兒見，拜託妳調製好喝的雞尾酒。」

「沒問題，那就等你過來。」

四海掛上電話後，又看向矮櫃上的照片。由佳和葉月，還有自己，都對著此刻的他露出無憂無慮的笑容。四海把照片輕輕從相框中抽出來，夾在一本沒看完的文庫本中，和皮夾一起放進小型側背包，然後對著沒有其他人的客廳說了聲：「我出門一下。」走向玄關。

✦✦✦

三年前，五歲的葉月罹患兒童癌症，在東京都內的大學醫院結束了極其短暫的一生。

愛女如命的四海無法接受女兒的死亡，整個人就像行屍走肉，但由佳咬牙向前看，努力以笑顏成為四海的精神支柱。

四海的診所當時剛開業不久，很多事都缺乏經驗，工作上問題不斷，診療效率很差，每天都忙得團團轉，卻又沒做什麼事。來診所看診的病患人數更只有原本預估的一半，從收入面來看，顯然出師不利。

不久之後，四海的胃部出現好幾個潰瘍，而且症狀不輕，只要稍微有飢餓感，後背就會劇痛，影響工作。

但是，禍不單行，沒想到老家的母親又離開了人世。女兒去世。工作的困境。母親的離開。四海深受打擊，幾乎體無完膚，由佳比之前更堅定地支持他。

憂鬱佔據四海的心，他覺得世界充滿絕望。但在絕望的黑暗中，由佳的開朗是他唯一能夠看到的救贖燈塔。

這座燈塔是他的精神支柱，他身心的依靠，但是單方面的依賴會破壞人際關係的均衡。不久之後，四海開始對著由佳發洩工作上的壓力，以前幾乎不曾有過任何爭執的夫妻兩人經常吵架。

然後，就發生了動搖夫妻關係基礎的事件。

持續下著綿綿細雨的九月某天晚餐時，他們又吵架了。

吵架的原因就是由佳隨口叫了四海一聲「欸，爸爸」。「爸爸」這兩個字所代表的意義，和由佳過度開朗的不自然態度，讓四海感到很不舒服。這種不舒服的感覺在內心膨脹，他的手臂和後背都起了雞皮疙瘩。下一剎那，四海把筷子放在碗上，正視著由佳，張開飯粒還沒有吞下去的嘴巴說：

「妳是故意的嗎？別忘了葉月已經不在了……」

「啊？什麼意思？」

「妳還問我是什麼意思，不要再繼續……不要再繼續對著我叫『爸爸』了！」

「……」

滴答、滴答、滴答……

牆上掛鐘的秒針聲音格外響亮，但客廳內冰冷，彷彿時間靜止了。

由佳一臉茫然地看著四海。

四海內心無處可去的感情找不到宣洩的出口，瞪著由佳。

「妳聽好了，以後不要再叫我『爸爸』。」

四海有一種奇妙的感覺，好像是不同於自己內心的另一個地方產生了這些惡言惡語，然後就這樣從他嘴巴吐出來。

由佳原本的開朗表情漸漸失去血色，眼眸深處的溫柔亮光，像是燈塔般的亮光漸漸消失了。焦點漸漸模糊的雙眼撲簌簌地流下淚水。

「幹嘛？有什麼好哭的？」

「……」

由佳呼吸急促，幾乎有點過度換氣的跡象，她的樣子明顯不對勁。她淺淺地坐在椅子上，雙手像斷線的傀儡般垂在身體兩側，痛苦地急促呼吸。她抬起頭，好像潰堤般嗚咽起來。她發瘋似的哭聲就像是從喉嚨深處把靈魂擠出來，全身的精力隨之流失，簡直就像身體會漸漸變成木乃伊。從她的哭聲可以發現，她在失去葉月之後，始終咬牙硬撐的精神狀態似乎一下子崩潰了。

「喂，我不是叫妳不要哭嗎？再怎麼哭，葉月都不可能回到我們身邊！」

雖然他說話的聲音壓過由佳的嗚咽，但他說的任何話，連一個字都無法傳達給由佳。

「煩、煩死了，不要哭，閉嘴！」

我到底在說什麼？

「我不是叫妳不要哭嗎？」

自從失去葉月後，妻子始終勇敢地開朗面對，不顧一切支持著瀕臨崩潰的自己，我怎麼可以對她說這種話？

四海內心的另一個自己深受罪惡感的折磨，但無關自己的意志，的確有另一個自己無法克制內心湧現的負面感情。

由佳的嗚咽就像嚴重的耳鳴在四海的腦海深處嗡嗡作響。他感到頭痛，覺得眼前幾乎變成一片白色。

他想逃走，想逃離這個世界——

他迫切地如此希望，看著隔著桌子，崩潰地嗚咽的由佳。由佳的身影突然搖晃起來，他聽到遠方傳來很刺耳的男人聲音，發出「嗚嗚嗚嗚嗚嗚」的聲音。

令人驚訝的是，那是四海的喉嚨發出的聲音。

四海開始放聲大哭。

由佳嗚咽的身影隔著不停滑落的淚水形成的透明膜搖晃著。

仰天大哭的由佳，好像是從鏡子中看到自己哭泣的身影。

隔天開始，由佳的心就死了。

見到四海時，她不再說不必要的話，幾乎不再笑。她並不是故意表現得冷冰冰，但絕對不再有以前那種開朗溫暖的表情。

由佳再也沒有用「爸爸」稱呼四海，不叫他「老公」，更沒有像談戀愛時那樣叫他「阿良」，只是用沒有感情的聲音叫他「欸」。

四海起初以為由佳故意表現出冷淡的態度，但後來發現並非如此。由佳的心真的死了。

四海看到供在佛壇上的桃子已經發黑爛掉時，才意識到這件事。兩隻大蒼蠅在爛桃子周圍飛來飛去。以前由佳總是去附近的超市買葉月愛吃的水果供在佛壇上，每天都會上香，但那天晚上之後，就連這個習慣都中斷了。

妻子的心已死。

四海注視著爛掉的桃子，覺得有點想吐。

夫妻之間的談話減少後，家裡經常被沉默籠罩，空氣變得令人窒息。

四海每次都產生強烈的罪惡感，為那天晚上的事向由佳道歉了好幾次，但由佳總是一臉茫然，小聲回答說：「嗯，沒關係，我沒事。」四海無法讓她已死的心甦醒。

家庭內產生的沉默就像是無情的鵝毛大雪，在四海的內心堆積，重量持續增加，讓他的內心深處也跟著凍結。

之後，四海無論在家裡或是在外面，只要沒有人說話，他就會獨自滔滔不絕，這種習慣越來越嚴重，最後他自我診斷是沉默恐懼症，在不開心的時候，仍會擠出「笑容」，像機關槍一樣說個不停。

諷刺的是，四海越害怕沉默，診所的生意越好。「院長總是面帶笑容，會和病人聊天」的好評口耳相傳，吸引病人上門。

✦✦✦

「事情就是這樣，雖然工作上了軌道，但在家的時候有點痛苦……」

四海坐在雲雀酒吧吧檯前的固定座位，啜飲著香織為他調製的琴蕾雞尾酒，那是把乾琴酒和萊姆果汁放在雪克杯中搖一搖，就調製完成的簡單雞尾酒。

「原來是這樣，我之前都不知道你有這些難言之隱。」

站在吧檯內的權媽媽雙眼濕潤，低頭看著四海。他眉毛皺成八字眉。

「當然啊，這種事很難啟齒，但我真的是傻瓜，竟然連你都沒說，啊哈哈……」四海張大嘴巴，把剛才點的下酒菜油漬鯷魚放進嘴裡，聳聳肩：「啊啊啊，人生果然很鹹。」

「對啊，人生有時候鹹得舌頭都會發麻，但這種時候，就更要喝酒味重的琴蕾。」

「啊？為什麼？」

四海問。香織用堅定的語氣說：

「酒味重的酒才能帶走鹹味，如果喝有甜味的酒，反而會襯托鹹味，鹹味會一直留在舌頭上。」

權媽媽又繼續說道：

「順便告訴你，琴蕾的酒語是『思念遠方的人』。醫生，對你來說，現在葉月和你太太都離你很遙遠，但是你並沒有放棄她們，更沒有忘記她們，而是一直惦記著她們，所以香織才為你調了這杯琴蕾。香織，對不對？」

「對。」

香織小聲回答後，浮現寂寞的笑容。

「這樣啊，原來是思念遠方的人……」四海拿起了萊姆色的雞尾酒，目不轉睛地打量著，以稍微平靜一些的表情繼續說：「說到思念遠方的人，我認為這個人不是我，而是葉月。」

「什麼意思？」

權媽媽摸著臉頰問。

「我剛才不是說，桌底下用塗鴉寫了字嗎？其實家裡到處都藏著這種塗鴉。」

「啊？」

權媽媽和香織同時發出驚訝的聲音。

「葉月在療養期間，應該猜到自己活不久了，於是她偷偷在家裡不容易發現的地方用小字寫下很多塗鴉，希望在她死後，我和由佳看到塗鴉會感到高興，而且她到死之前，都沒有告訴我們。」

「所以……」

權媽媽的聲音沙啞。

「雖然不是遺書，寫的話也都很孩子氣，像是『運動會的便當很好吃』，或是『謝謝爸爸、媽媽在我三歲生日時送我帽子的禮物』，還有『最愛媽媽做的可樂餅』……有時候會不經意地在意想不到的地方，發現這些內容的塗鴉，就覺得那是她從遙遠的天堂傳來的訊息……」

「這是葉月傳達給你們的感謝。」

四海聽了權媽媽的話，默默點頭。他知道現在開口說話，聲音會帶著哭腔。

香織用萊姆綠的手帕擦拭著眼鏡後方的雙眼。

「醫生，總共有多少？」

「應該已經超過一百個了。」

「這麼多……」

「嗯，我們在由佳的內心崩潰後，才發現葉月留下的這些話，於是我們拚命在家裡尋找，每次發現新的塗鴉，由佳就抽抽噎噎地哭泣。每次發現新的塗鴉，由佳的內心就漸漸恢復原狀，真的是拜在遙遠的地方思念我們的葉月所賜……」

「那不是很棒嗎？」

「嗯，但是……」

「但是？」

「葉月雖然留下很多塗鴉，但好像沒有新的了，最近完全沒有發現，所以格外難過，由佳的心理狀態好像又退步了……」

「這樣啊。」

權媽媽輕輕嘆氣，抱著像圓木柱般粗壯的手臂，然後對香織說：

「香織，可以請妳為醫生調一杯『鹹狗』嗎？」

「啊……」原本低著頭流淚的香織抬起頭，「真的要為醫生調鹹狗嗎？」

「沒問題，他需要鹹狗。」

四海聽不懂權媽媽和香織的對話，插嘴問：

「鹹狗是什麼意思？」

權媽媽抱著手臂，調皮一笑，但他的笑容比平時多了三成的寂寞。

「就是你最討厭的『沉默寡言』。」

✦✦✦

葉月的第三次忌日剛好在診所公休的星期四。

中午十二點過後，四海就讓由佳坐在他的賓士車副駕駛座，前往葉月長眠的墓地。

路上去超市買了葉月喜愛的葡萄和乳酸飲料，然後飛車前往位在鄰縣的墓地。四海家的墓地位在老家旁的小山丘上，從平坦的山丘頂可以看到內灣平靜的大海。

「今天的天氣真是太好了，根本就是掃墓的好日子。」

四海對著副駕駛座說，但由佳沒有回答，變成他在自言自語。

今天是個秋高氣爽的日子，天空藍得有點刺眼。

涼風吹過一大片金黃色的田園風景，發出沙沙的聲響，無數紅蜻蜓在藍天中飛來飛去。

如果葉月還活著，就可以和她一起抓蜻蜓來玩……

四海想著這些，踩下了油門。

四海已經很久沒有和由佳一起開車出遠門了，雖然他不太記得了，但也許是去年的忌日以來的第一次。四海盡量避免和由佳兩個人關在車子這個狹小又無處可逃的空間內，他很害怕隨時會出現他所害怕的沉默，因此他今天比平時更多話。由佳怔怔地看著前方，只是心不在焉地回答幾句，他不停地說著笑話。

「健身房內有一個像是混混的大叔對女性工作人員性騷擾，權媽媽就對他說，如果你這麼喜歡摸奶，就來摸我的巨乳。來啊來啊。結果那個混混露出快要閃尿的表情發出鬼叫聲，權媽媽一把抓住他的手腕，硬是把他的手放在自己結實的胸肌上，那個傢伙幾乎快哭出來了，不停地求饒說『對不起、對不起』，啊哈哈，而且再也不敢來健身房了。」

「呵呵，權媽媽真厲害啊。」

四海看到由佳微微露出笑容，暗自鬆口氣，然後又繼續說道：

「對啊，他很有存在感，一看就知道不是等閒之輩。」

「……」

「之後才更精采。幾天之後，那個傢伙剛好走進權媽媽的酒吧，一推開酒吧的門，就看到兩公尺高的權媽媽叉腿站在眼前，妳知道那個傢伙說了什麼嗎？」

「……」

「咦？妳猜不出來嗎？」

「……」

「呃，那我可以說正確答案嗎？」

四海轉頭瞥了一眼副駕駛座，觀察由佳，發現由佳臉朝著前方，一直閉著眼睛。

「咦？由佳？」

「對不起，你可以安靜一下嗎？我想睡覺。」

「呃……喔，原來是這樣。不好意思，我一直說不停。」

「不，沒關係，很有趣。」

「啊，喔……」

然後，兩個人就都沒再說話。

狹小的車內頓時充滿沉默，就像是一個空洞無聲的黑暗洞穴，幾乎可以聽到自己呼吸的聲音。四海痛恨賓士車的隔音效果讓車內這麼安靜，用力吞著口水。

雖然他很想找由佳說話，但既然由佳已經叫他安靜，他當然無法再開口說話，於是只能深呼吸了好幾次。

既然要睡，就趕快睡著吧——

四海內心如此希望。一旦對方睡著，「沉默」就變成了「寂靜」。

但是，等了很久，都沒有聽到由佳發出均匀的鼻息，她似乎只是閉目養神。

四海終於忍不住小聲問：

「由佳，妳睡著了嗎？」

「唉，」由佳輕輕嘆氣，有點不耐煩地說：「你不必在意我。」

「呃……我並沒有——」

「你不必勉強自己說話。」

四海還沒有說完，由佳閉著眼睛，用嚴肅的語氣對他說。

✦✦✦

秋天的晴空下，涼爽的風吹過俯瞰蔚藍大海的小山丘，高大的松樹樹枝在頭頂上恣意伸展，樹葉發出悅耳的沙沙摩擦聲。

他們來到墓地後，在有點尷尬的氣氛中，開始打掃葉月長眠的墳墓和周圍。拔雜草、清掃落葉，然後再清墓碑。

「啊，由佳，鮮花要最後才放嗎？」

「應該都可以吧。」

「嗯，也對，沒想到現在還有這麼多蚊子，還是附近有水窪，滋生了很多孑孓。」

「……」

到底哪些話是適度交談，哪些話是廢話——四海滿腦子都在思考這個問題，因此說話時有點不自在，而且當他說話不自在時，由佳的話就更少了，陷入嚴重的惡性循環。

但是，在清掃完畢，上香後，被線香的氣味包圍，對著墓碑合起雙手時，原本不安破碎的心情漸漸整合，終於能夠專心回憶葉月。

四海在內心對葉月說話。

妳在天堂開心嗎？

妳以前在這裡交不到什麼朋友，在天堂有沒有交到朋友？

爸爸、媽媽不在身邊，妳會不會感到孤單？

最近都找不到妳留下的塗鴉。

葉月，爸爸很想妳……

他對著再也看不到，無法再觸摸到的葉月說著話，內心漸漸湧起溫暖。

以前曾經體會過這種溫暖的感覺——他努力回想著，終於想起來了。那是以前對葉月的無償的愛的溫度，只有看著比自己更重要的事物時，才能夠感受到這種心滿意足的溫暖。

淚水從他閉著的雙眼滑落下來，他用手背輕輕擦了擦。

沒想到——

「給你……」

右側響起說話聲。

「啊？」

他轉頭一看，發現剛才在身旁合起雙手的由佳遞給他一塊手帕。

「謝、謝謝。」

「……」

「我可以清楚回想起抱著葉月時的感覺，還有她的聲音、她的小手……」

「……」

「最後那段時間，她瘦了很多，抱在手上也很輕，讓人很難過，但還是可以感受到她活生生的溫度，我感受到她當時的溫度，知道她還活著，覺得葉月還可以繼續活下去——」

四海接過手帕，擦著眼淚，像往常一樣說了起來。

沒想到由佳嘆氣，制止四海繼續說下去。

「好了。」

「啊？」

「好了，你不用再說了。」

「……」

「葉月她……會覺得很困擾。」

葉月會困擾？

四海思忖著由佳說的話所代表的意思。

「無論你再怎麼滔滔不絕，葉月都不會回到我們身邊，我也真的累了。」

「呃……對不起。」

「……」

由佳皺著眉頭，默默看著身旁的四海。

「呃，為什麼我說話，會造成葉月的困擾？」

四海克制著幾乎要滿溢出來的激動情緒，盡可能用冷靜的語氣問。

「雖然已經過了這麼久，你不是仍然無法接受葉月已經離開的事實嗎？既然父親還放不下，葉月當然就無法安心上路去天堂。」

「……」

他可以感受到由佳在說話時，情緒越來越激動。

「你也該面對現實了。到底要一個人扮演悲劇主人翁的角色到什麼時候？不是只有你一個人難過，只有你一個人痛苦，我也一樣。」

四海聽到妻子在葉月的墳墓前吶喊，不禁倒吸一口氣。

由佳已經很久很久，真的很久很久沒有發出這種帶有感情的聲音了。

「由佳……」

原本以為由佳的心已經死透，沒想到她的心持續在很深很深的洞穴深處靜靜呼吸，只是因為自己之前說了那些殘酷的話，導致她的心暫時凍結而已。此時此刻，由佳冰凍的心正在融化——

「不要一副只有自己是被害人的表情，我已經受夠了。」

由佳用強調的語氣說話的同時，淚珠也從她的雙眼悄然滑落。

「給妳。」

四海遞上由佳剛才給他的手帕。

他悄悄吸氣，想對正在擦眼淚的妻子說幾句話，想和她進行情感的交流。

「難道妳能夠那麼輕易接受葉月的死嗎？」

「當然不是簡單的事，但只能接受，不是嗎？如果不接受，要怎麼繼續活下去！」

「我無法輕易忘記葉月曾經和我們在一起，更不想忘記。」

「誰要你忘記了！阿良，我要說的是，如果像你這樣，整天都在找葉月留下的塗鴉，根本沒辦法繼續前進。」

由佳她——

她叫自己「阿良」。

四海察覺這件事後，內心五味雜陳，安心、喜悅、悲傷和憤怒都交織在一起，他用比剛才更加情緒化的語氣，說了和剛才同樣的話。

「無論妳說什麼，我都無法輕易忘記。」

「這就是優柔寡斷！你身為父親，做事卻不乾不脆，難道在葉月死後，仍然要她擔心你嗎？你腦筋有問題嗎？」

四海心情愉快地聽著由佳帶有人性溫度的謾罵，看向墓碑。葉月長眠的墓碑上有一隻紅蜻蜓，似乎一臉無奈地看著連狗都不想理會的夫妻吵架。

葉月也許正透過這隻蜻蜓的眼睛看著自己和由佳。四海毫無根據地這麼認為，連自己都覺得好笑。

葉月，是不是妳的功勞？

是不是妳融化了媽媽凍結的心？

漂亮的魚鱗狀積雨雲飄浮在由佳身後的秋日天空中。

由佳像以前一樣，一個勁地訴說著內心的不滿。

四海看著這樣的妻子，不由自主深深嘆氣。

「你在笑什麼？」

「呃……」

聽到由佳的質問，四海才發現，原來自己在嘆息的同時笑出來。

「我、我沒有笑，反正葉月離開這件事，讓我感到很悲傷。身為父親，這不是理所當然的事嗎？到底哪裡有問題？」

「我不是說過好幾次了嗎？」由佳雙手扠腰，用無奈的語氣說：「身為父母，當然會傷心難過，但是我覺得你根本是陶醉在自己的悲傷之中！這就是優柔寡斷！沒出息！」

由佳流下晶瑩的眼淚，帶著真摯的感情，嚴厲責備四海。

墓碑上的紅蜻蜓突然起飛，飛向閃著粼粼波光的大海。

葉月，謝謝妳——

「喂，你在看什麼！」

「我在看海啊！不行嗎？」

四海在說話的同時，清楚意識到自己在笑。

✦✦✦

隔天，他腦袋放空地在做二頭肌集中彎舉，訶訶拍拍他的肩膀。

「醫生，你怎麼了？今天怎麼特別安靜？」

「呃……」

「剛才在更衣室遇到老闆，他也很擔心你，說你今天沒有像機關槍一樣滔滔不絕，不知道發生了什麼事。」

「啊哈、啊哈哈哈。」四海反射性地笑了，「有嗎？我和平時沒什麼兩樣啊。訶訶，你的上手臂好像比之前更壯了，尤其是三頭肌，變得很結實啊。」

「啊？是嗎？你和權媽媽經常指導我，可能終於小有成果了。」

訶訶面對鏡子，上手臂用力，十分得意，四海繼續讚不絕口。

「不不不不，是拜你自己的努力所賜，而且你幾乎每天都來健身房，可以得全勤獎了，你真的很認真。肌肉比任何人更誠實，不會欺騙自己。」

說完，他對訶訶一笑，背後響起了跨性別者重低音的話聲。

「對啊，肌肉不會欺騙自己，只要克服痛苦，就可以成長。醫生，這真的太棒了，對不對？」

權媽媽不知道什麼時候出現在身後，伸出粗壯的手指戳了戳四海飽滿的斜方肌。

「啊，權媽媽，你來了啊。」

四海轉頭說，權媽媽拋出一個讓人感受到風壓的媚眼，半開玩笑地說：

「我剛到啊，你這個自我欺騙的騙、子、先、生。」

四海完全知道權媽媽想要表達的意思，只不過訶訶並不知道。

「啊？為什麼四海醫生是騙子？」

「不告訴你，啊呵呵呵。」

「啊喲，不要排擠我啦。」

「不行，但如果你可以臥推一百二十公斤，我才告訴你。」

「一百二十公斤！不知道還要練幾年！」

「不需要太久，我想明年或是後年就行了，但那時候醫生已經不是騙子先生了。」權媽媽一臉調皮的樣子笑了笑，轉身背對著他們說：「好了好了，我沒空理騙子先生和好奇寶寶，我要好好練下半身了，但可別誤會，我說的下半身可不是胯下，而是股四頭肌和大腿後肌。」他一如往常地開著黃腔，把槓片裝在深蹲用的槓鈴上。

騙子先生嗎？

四海看著權媽媽像棕熊般的巨大背影，輕輕嘆氣。

——難過的時候不需要說話，你喝了代表沉默寡言的鹹狗，可以放聲大哭，也可以低聲啜泣。如果覺得沉默讓你痛苦，就把痛苦說出來。如果你欺騙自己，你太太也不知道該如何是好。

他想起權媽媽在雲雀酒吧對他說的話。

同時想起了由佳不悅的神情。

「唉。」他又忍不住嘆氣，這次的嘆息很深，帶著感傷。昨天在葉月的墳墓前，被由佳嚴厲地責罵，讓他感到竊喜，但之後幾乎沒有和由佳說話，正確地說，由佳應該暫時還不想理自己。

✦✦✦

隔天。

四海看完上午的診，進入午休時間。

診所那些年輕漂亮、很受歡迎的口腔衛生師紛紛外出，去附近的披薩店或咖啡店吃午餐。

四海獨自來到診所二樓，走進三坪大的院長室，雖然除了桌椅，只有書架、小冰箱和電視而已，卻是他的秘密基地。

他緩緩打開電視，重重地坐在椅子上，開始吃放在桌上的便利商店便當。葉月剛上幼稚園時，由佳說「順便多做一份」，也做了便當給四海，但在葉月住院後，由佳就沒空再做便當了。

「最近便利商店的便當就很好吃了……」

四海對著電視自言自語，然後就像是基於義務，拿起筷子，把便當的飯菜送進嘴裡，最後把五百毫升寶特瓶裝的茶倒進嘴裡，吃完了乏味的午餐。

午休時間有足足一個小時，但午餐只要花十分鐘就可以吃完。四海無所事事，決定去看下午的預約單，確認有哪些病患來看診。

他走出院長室，沿著樓梯下樓。一下樓梯就是候診室，候診室有一個小型書架，放著女性雜誌和兒童繪本。平時診所的工作人員都會整理書架，但今天難得很凌亂，連書架上都有隨手亂放的繪本和雜誌。

候診室和廁所保持乾淨，診所的生意才會好——以前齒科大學的學長曾經這麼告訴四海，因此他開始整理凌亂的書架。
當他拿起一本繪本時，不禁停下手。
那是葉月很喜歡的繪本……
四海把《兔子咪咪吉》這本繪本輕輕放在書架上方，俐落地把其他書都排放在書架上。
整理完書架後，四海拿著《兔子咪咪吉》回到了院長室。他已經把確認下午的預約單這件事拋在腦後。
「真懷念啊……」
他小聲嘀咕著，把繪本放在桌子上。封面已經破破爛爛，總覺得這本書很可憐。他決定等一下要用膠帶來黏好。
他輕輕翻開繪本，標題頁上熟悉的繪畫立刻映入眼簾。四海感到心被揪緊。葉月還沒有生病時，四海經常在睡前讀這本繪本給她聽。
這本繪本的主角「咪咪吉」是印在葉月很喜歡的睡衣上的粉紅色兔子，每次在故事中發生令人心動的事，「咪咪吉」就會指著自己的胸口，對兔子媽媽說：「快樂的噗通噗通。」於是兔子媽媽就會用長長的耳朵貼在「咪咪吉」的胸口說：「真的欸，媽媽可以感受到咪咪吉噗通噗通的心跳，也感受到快樂。」

葉月經常模仿這本繪本中的「咪咪吉」，只要遇到開心的事，就指著自己的胸口說：「爸爸，你來聽聽開心的噗通噗通！」

四海想起了把耳朵貼在葉月小小胸口時的情景。

噗通噗通噗通……

維持固定節奏的心跳聲，是小小生命的象徵。

快樂的噗通噗通。

那是充滿恩澤的節奏，證明葉月曾經幸福地生活在這個世界——當時的溫暖從記憶深處緩緩浮現，他不禁想要緊緊抱住繪本。

四海克制了這股衝動，繼續一頁一頁翻著繪本。每次看到天真無邪、好奇心旺盛的「咪咪吉」，和溫柔陪伴「咪咪吉」的母親之間令人莞爾的對話，四海就覺得自己的心快被一股甜蜜的力量壓垮了。

當他翻完最後一頁——

「啊……」

四海情不自禁輕輕叫出聲。

「竟然、藏在這裡……」

四海在版權頁的作者簡介旁，看到了用簽字筆寫的字。

ㄎㄨㄞˋ ㄌㄜˋ ˙ㄌㄜ ㄆㄨ ㄊㄨㄥ ㄆㄨ ㄊㄨㄥ

ㄏㄠˇ ㄉㄨㄛ ㄏㄠˇ ㄉㄨㄛ

ㄅㄚˋ ㄅㄚˋ ㄇㄚ ㄇㄚ ㄒㄧㄝˋ ㄒㄧㄝˋ ㄋㄧˇ ˙ㄇㄣ

隔了很久很久，終於又找到了葉月留下的塗鴉。

雖然字寫得有大有小，但四海一次又一次，一次又一次看著葉月努力寫下的平假名。

「葉月……」

當他開口叫出聲音的同時，那些文字開始晃動。

他眨了眨眼睛，桌上傳來滴瀝滴瀝的輕微聲音。

「是妳帶給爸爸和媽媽……滿滿快樂的噗通噗通。」

他嘀咕著，頓時淚流不止。

順著臉頰滑落的一滴淚水流到唇上。四海舔了一下，發現有點鹹，他想起了在「雲雀酒吧」喝的鹹狗雞尾酒。

難過的時候可以哭——

四海緊緊抱著繪本，獨自小聲哭泣。

✦✦✦

這天看完診之後，他直接開車回家。繪本《兔子咪咪吉》就放在副駕駛座上，他想趕快和由佳分享終於又發現的塗鴉。

回到公寓後，四海在停車場停好車，急匆匆地大步穿越大廳，搭電梯來到九樓，用鑰匙打開家門，走了進去。

客廳亮著燈。

四海深呼吸後，大聲說著：「我回來了」，然後脫下鞋子。

上次去掃幕發生爭執之後，他和由佳還沒有和好，但由佳的心之前看起來漸漸獲得了重生，然而在掃墓回家之後，就像花朵枯萎般，再度封閉起來。

打開客廳的門，看到由佳像往常一樣坐在桌子旁。

「我回來了。」

四海再次用開朗的聲音打招呼。

「你回來了，沒去健身房嗎？」

四海為由佳並沒有無視他暗自鬆口氣。

「今天不去健身，我帶了一樣東西想馬上給妳看。」

「什麼東西？」

由佳微微歪著頭。

「就是這個。」

四海沒有坐在由佳對面的椅子，而是在她身旁坐下，然後輕輕把《兔子咪咪吉》放在她面前。

「啊……」

「是不是很懷念？」

「嗯。」由佳微微點頭，然後開始翻閱。

由佳和自己一樣，每一頁都看得很仔細——四海很高興，在妻子身旁探頭看著充滿回憶的繪本。

當由佳準備翻開最後一頁時，四海把自己的手放在由佳的手上說：

「停！先不要翻。」

「啊？」

「妳先停在這一頁。」

四海說完後起身，從身後的矮櫃上拿了一家三口在迪士尼拍的照片走過來。

「怎麼回事？」

由佳很訝異，四海笑著對她說：

「要全家一起看最後一頁。」

「呃……啊！」

由佳瞪大眼睛。

她似乎明白了四海的意思。

「好，可以了，可以翻開了。」

「嗯……」

由佳抓著書頁角落的纖細手指帶著緊張，緩緩翻開最後一頁。

然後——

由佳的視線停在塗鴉上不動了。

幾乎就在同時，由佳的眼中浮現閃著光芒的淚珠，然後潸然流下。

四海注視著由佳，和平時不同，用緩慢的語氣說：

「現在回想起來，差不多是葉月意識到自己將不久於人世時的事……」

「嗯……」由佳帶著哭聲應了一聲。

「葉月躺在醫院的病床上問我一個問題，她問我，爸爸，人為什麼要生下來？」

由佳目不轉睛地注視著葉月的塗鴉，又「嗯」了一聲，輕輕點頭。四海看著妻子的側臉，維持著平靜的節奏繼續說：

「我覺得這個問題很難回答，但我記得當時這麼告訴她，人是為了帶給別人快樂而生下來，葉月就對我說，所以爸爸和媽媽才會帶給我這麼多快樂……」

四海說到這裡，看著桌子上的照片。

帶給彼此歡樂的家人，臉上的笑容原來這麼閃亮。

「我相信葉月一定記得我當時說的話……她才會……」四海說到這裡，屏住呼吸。他無法開口說話，淚水很自然地流下。他用臉頰感受著眼淚的溫度數秒後，像少年一樣用手腕擦著眼淚，繼續把滿腔的感情說出口，「葉月努力帶給我們快樂……她全身應該都很痛，她卻、留下這麼多……留了這麼多話給我們。」

他明明很擅長像開機關槍一樣說話，現在卻說不出來。

由佳發出嗚咽。

四海撫摸著她的背，無聲地哭泣著。

「我在診所看到塗鴉時，忍不住想，雖然我對葉月說的話很好聽，但我根本沒有為別人帶來快樂，只是因為害怕沉默，就不停地說話……甚至無法為在我身邊的妳帶來快樂……真的很對不起。」

由佳雙手捂著臉哭了起來。

四海繼續說道，但這不是為了避免沉默，而是他內心有很多想要對由佳訴說的感情，他無法停下。

「我決定聽妳的話，接受葉月已經離開這件事，我不會再找她留下的塗鴉，也不會為了找不到塗鴉而感到失望。如果像今天發現這本繪本上的塗鴉一樣，剛好又再次找到了，就認為這是葉月在天堂送給我們的禮物。因為就算不刻意去找，我們的生活中已經有很多葉月留下的話語，葉月的心出現在這個家的很多地方，我決定今後並不是要適應失去葉月的悲慘生活，而是要適應在葉月溫柔體貼包圍下的幸福生活，而且——」

四海說到這裡，用力吸氣。
由佳抬起頭，看著四海。
「我決定以後不要再因沉默而不安了，我不會再滔滔不絕地說著言不及義的廢話——我會、努力做到。」
「為什麼？」
由佳語帶顫抖地問。
「權媽媽說，人在悲傷的時候可以流淚，感到不安的時候，不必勉強說話，只要好好感受不安就行了，所以我決定這麼做。」
四海用帶著決心的口吻說完，有點害羞地嘿嘿笑著。他邊哭邊笑。
前一刻仍在流淚的由佳瞇起眼睛，她破涕為笑，掛著調皮微笑的嘴唇發出因為哭泣而變得有點沙啞的聲音。
「你面帶笑容說話的親切感很不錯，不需要勉強改正，爸爸。」
爸爸——
四海看著一家三口的全家福。
曾經是幸福爸爸的自己，和媽媽、女兒一起笑得很開心。
沒錯，既然和葉月的心一起生活，自己以後仍一直是爸爸，他希望自己永遠是葉月獨一無二的爸爸。

爸爸——

四海對這兩個字產生難以形容的憐愛，流下和剛才不同性質的淚水。那是很溫暖，又很鹹的淚水。

他撫摸著由佳的後背邀請道。

「由佳，偶爾要不要一起去喝一杯？」

「啊？現在嗎？」

「對，我們一起去雲雀酒吧，我介紹你們認識。」

「好、啊……」

「除了權媽媽以外，還有調雞尾酒的高手香織。」

「雞尾酒？」

「嗯。我推薦……」

四海帶著淚水的臉上揚起開朗的笑容。

「鹹狗雞尾酒。」

第五章

末次庄三郎的賠罪

走上地鐵樞紐站的階梯，來到地面後，末次庄三郎抬頭看著陰沉的灰色天空。

果然下雨了——

晨間新聞的天氣預報果然沒錯，中午過後，就淅淅瀝瀝下起春雨。

雖然皮包裡有折傘，但末次把皮包放在頭上，在小雨中跑了起來。他要去剛好位在車站和公司中間位置的一家常去的咖啡店。雖然他明年就要邁入七十歲的「大關」，但也許因為平時都會去健身房健身，因此腳步很輕快。

當他西裝的肩膀都被雨完全淋濕時，終於來到咖啡店。推開老舊的木門，立刻響起噹啷噹啷清脆的牛鈴聲。末次感受著濃郁的咖啡香氣，嘆著：

「啊呀啊呀，總算到了。」

「喔，原來是老闆啊，歡迎光臨。」

和他同年的店主微笑著向他打招呼。

「外面竟然下雨了，我肚子好餓。頭家，可以給我拿坡里義大利麵和咖啡嗎？」

末次在說話的同時，在吧檯的倒數第三個座位坐下。這是他好幾十年來的固定座位。

「沒問題。」

店主面帶微笑地說，他的腰桿子挺得像二十多歲的年輕人一樣直，而且一頭銀髮向後梳得整整齊齊，瀟灑的外形簡直就像老派的電影明星。

末次和這種看起來比實際年紀年輕的人很聊得來，但極力不和那些身心都蒼老，整天忙著「強調自己有慢性病」的「心靈老人」打交道，他覺得和那種人在一起，自己也會枯萎老化。

「我剛才去了養老院。」

末次對著正在煮義大利麵的店主背影說。

「啊？為什麼去那裡？」

店主沒有回頭，像弓一樣挺得筆直的背對著他問。

「頭家，你可別誤會，並不是我要去住。」

「啊哈哈，我當然知道。」

「就是啊，其實是我們公司要為那家養老院製作宣傳用的小冊子。」

「這樣啊。」

「所以我就去那家養老院參觀，一下子就覺得累癱了……」

末次想起上午去埼玉縣郊外參觀的那家養老院，深有感觸地繼續說著。

有些和自己年齡相仿的人坐在輪椅上，有些無法自行洗浴，只能在看護的協助下洗澡，還有一些滿臉死氣沉沉的老人聚集在一起，以渙散的眼神盯著電視——

「然後我發現有一個房間的門把被繩子綁了好幾圈，頭家，你猜是為什麼？」

「不知道……可能是那個房間內有重要的醫療儀器，避免老人不小心誤闖？」

「答錯了，而是相反的情況，不是為了不讓人進去，而是讓裡面的人不能出來。」

「什麼？」

「就是把那些失智後容易亂跑的老人關在房間裡，雖然我去那裡是工作，但看到這種事，還是感到很沮喪。」

末次難得感傷地嘆著氣，店主把冰咖啡遞到他面前。

「嗯，這個年頭還有工作就是值得慶幸的事，而且你再次確認到自己的身體比實際年齡更年輕。」

「嗯，那倒是，而且小弟弟也活力十足。」

末次一如往常地開著黃腔，在冰咖啡裡加入滿滿的牛奶和糖漿後喝下。持續喝了超過三十年的苦味滑入喉嚨，頓時感到整個人都活過來了。一杯咖啡就可以讓心情好起來，可見「熟悉的味道」的確有驚人的力量。

好了……心情平靜後，末次開始思考。

要找誰來製作養老院的宣傳小冊子呢？

末次經營的「末次企劃」是只有四名員工的小公司，雖然勉強算是廣告業界的一分子，但只是承接大廣告公司或是下游承包案的製作公司。

末次在三十五歲時創立了這家公司，當時日本經濟繁榮，遍地是黃金，整個社會充滿經濟活力。他和大學同學笹部一起創業，然後把金錢方面的事都交給有理科頭腦的笹部處理。

公司搭上社會經濟蓬勃發展的順風車，在創業後，業務就像雪崩似地湧入。末次每天都馬不停蹄，忙得頭昏眼花，十五年後，「末次企劃」成為一家有三十名員工的公司。

不久之後，泡沫經濟進入顛峰時期，末次每天晚上都去有小姐陪酒的地方花天酒地，叫豪華轎車接送，夜夜笙歌，醉生夢死，但是，這種如夢似幻的生活並沒有持續太久，真的像泡沫一樣破滅了。

泡沫經濟崩潰後，景氣一下子滑落谷底，末次公司的生意也一落千丈。接到的案子平均單價不到原本的一半，轉眼之間，就發不出員工的獎金了。有能力的員工紛紛跳槽，他正打算把公司收起來，結果妻子罹癌去世，就連合夥人笹部也因腦中風變成植物人，在半年後離開了人世。末次覺得至少必須照顧笹部的妻子，於是重新整頓公司，縮減人力，追求經營合理化，然後讓笹部的妻子成為公司名義上的員工，之後每個月都會將為數不多的薪水匯入笹部妻子的帳戶。

目前公司內實質上只有四名員工。

在這四名員工當中，要安排誰負責養老院的宣傳小冊子呢？末次的腦海中依次浮現了四名員工的臉。

最先浮現在他腦海的是即將五十歲的老大姐相原定子，相原是從公司創立當時就一直工作到現在的元老級員工，個性很強，一旦惹毛她，她就會情緒化地激烈反駁，末次根本管不動她，不可能把這個工作交給她。而且她要負責製作某大型企業集團的情報雜誌月刊，最好不要讓她分工做其他事。因為公司目前靠這份月刊的定期收入勉強維持經營。

第二名員工是個性文靜，沉默寡言的小見山道子。她是年過四十的單身女人，很不擅長和別人打交道，所以末次猜想她搞不好還是處女。她是個懂事明理的人，工作認真，是全公司唯一會為末次倒茶的貼心員工。美中不足的是，她明明很胖，卻有低血壓，體弱多病，不能太勞累，經常請病假，無法把定期的工作交給她。平時都讓她協助相原定子的工作，除此以外，只能安排一些零星的案子給她處理。如果要求她製作這次養老院的宣傳冊子，增加她的負擔，她一定又會生病。也就是說，小見山道子也不行。

另外一男一女兩名員工是二十出頭的年輕人。

末次想要為公司帶來一些新氣象，於是錄用了這兩名所謂「寬鬆世代」的年輕人。當他腦海中浮現他們的臉，就深深嘆氣，簡直快把魂魄也一起吐出來。

「咦？怎麼了？你這個嘆息，簡直就像快死了。」

店主笑著把剛做好的拿坡里義大利麵的盤子放在他面前，冒著熱氣的義大利麵飄出了番茄醬的香氣。

「唉，我只是覺得，真不知道要怎麼和時下的年輕人打交道。」

「你是指所謂的寬鬆世代嗎？」

「沒錯，就是那些人，他們根本就是外星人。」

末次用叉子捲起有嚼勁的麵，小心翼翼地張大嘴，以免醬汁濺到襯衫上。太好吃了。

老手做出來的果然有味道。

經過漫長的歲月，認真投入工作磨練出熟練的技巧——正因為練就具備這種「工作肌肉」，普通的拿坡里義大利麵也可以做得這麼好吃。工作的經驗果然重要，和重訓一樣，無法一朝一夕就立刻有成果。

相較之下，那兩個年輕人……

「那些寬鬆世代的人，還沒有累積任何經驗，就說什麼這個不行、那個不願意做，錯過成長的機會。就算想要好好指導他們工作，也不知道他們到底有沒有聽進去，但如果批評他們，他們就口齒便給地說出各種辯解的理由，完全搞不懂他們。」

末次一臉無奈地抱怨著，店主小聲笑了起來，用食指抓著太陽穴。

「既然他們稱為寬鬆世代，也許對他們放手，讓他們有自由發揮的空間，反而會比較好。我表哥的孫子剛好就是所謂的寬鬆世代，我表哥他們就讓他自由發展，結果發現他一個人埋頭做了很多事。」

「問題是社會沒這麼好混，如果在工作上這麼慢悠悠，很快就會被其他人超越。」

「也許在你們廣告業是這樣，但我想寬鬆世代一定有某些優點。」

「是嗎？」

「是啊。」

「嗯……」

末次難以認同，抬頭看著吧檯內的店主。

「比方說，你做拿坡里義大利麵，必須動作俐落才能做出好吃的麵，如果慢悠悠地做，麵就會軟掉。在工作上，時間就是金錢，我認為放慢腳步只是浪費時間。」

店主指著末次的胸口說：「但整天匆匆忙忙，再怎麼熟練，都可能會犯錯。」說完，調皮一笑。

「啊？」

末次低頭看著自己的胸口。沒想到這麼小心翼翼，白色襯衫上竟然還是沾上了番茄醬，而且總共有大小不一的三塊污漬。

✦✦✦

「末次企劃」位在大馬路後方小巷內一棟住商大樓的二樓，這棟屋齡四十年的大樓光線很差。

大樓的外表看起來就很蕭條，而且經過歲月的洗禮，原本白色的牆壁已經發黑，最近牆上的裂縫越來越明顯。電梯也是時下難得一見的舊式電梯，還三不五時就故障，末次已經被關在電梯內三次。大樓的一樓是一家卡拉OK酒吧，每天晚上，那些酒客老頭聲嘶力竭的歌聲都吵得大家不得安寧。

唯一的優點，就是租金特別便宜。
「我拿到一個新的案子，大家都過來一下。」
末次帶著番茄醬污漬回到公司後，立刻召集四名員工開會。雖說是召集，但整家公司都在同個空間，所以只是每個人移動到位在辦公室角落的工作桌旁。
「埼玉郊區有一家名叫福幸苑的養老院，我們要為那家養老院製作宣傳用的小冊子，目前已經決定採用騎馬釘裝的方式，二十八頁，全四色，A4尺寸，目前預估大約印三千份，但可能會略有調整。交貨期是三個月後，有沒有人願意接這個案子？」
「……」
末次巡視所有人，果然不出所料，沒有任何人回答。
「嗯，相原——」
末次開口。
「我現在已經夠忙了，你應該很清楚。」
老大姐毫不掩飾臉上的不悅。慘了，慘了。俗話不是已經說了，不招惹鬼神，災禍不上門嗎？

「也對，那小見山呢？」

小見山道子始終低頭啃指甲，左右搖晃著妹妹頭髮型的腦袋，表達了拒絕的意思。

末次很想嘆氣，但拚命忍住，然後看向兩個寬鬆世代的年輕人。兩個人都一臉既不想積極爭取，也不算拒人千里的表情看著他。

好，那就先問問進公司第三年的森田光輝。

末次在內心激勵自己。森田屬於最近經常聽說的草食系男子，外形瘦瘦高高，簡直就像豆芽菜。無論對他說什麼，都有一種白費力氣的感覺，而且他有點難以捉摸，所以末次不知道該怎麼和他相處。

「森田，那你呢？工作最重要的就是經驗，任何工作只要願意嘗試，都可以獲得成長。」

末次做好了會聽到「我不要」的心理準備後開口問道。

沒想到——

「那我就來試試好了，如果老闆認為我可以，我OK啊。」

「啊？」

森田的回答太出乎意料，末次目瞪口呆。相原和小見山也都以意外神情看著森田。

「但是老闆——」

唉，果然又說了。「但是」這兩個字是寬鬆世代的口頭禪。

「什麼事？」

「養老院不是有男有女——應該說，有老爺爺和老奶奶嗎？」

「當然啊。」

「那可以請三田村和我一起做這個案子嗎？」

「為什麼？」

「要拍女廁所或是浴室時，女生不是比較OK嗎？」

什麼叫比較OK——你的日文很不OK。末次很想這麼說，但還是忍住，點了點頭說：

「也對，三田村，妳願意幫忙嗎？」

「好啊，我無所謂，而且兩個人做也比較輕鬆。」

三田村友美進入公司才第二年，她揚起好像雜誌彩頁泳裝模特兒般無憂無慮的笑容，慢悠悠地回答。算了，先不說這些……他們答應接下這個工作，就已經是很大的成果。

「好，那就決定由你們兩個人負責。相原、小見山，妳們可以回去工作了，森田和三田村繼續留下來和我討論。」

「好喔。」

「好喔。」

為什麼不能好好回答「好」這個字就好？末次雖然在心裡咒罵，但還是把養老院的資料排放在桌子上。

這時，森田問三田村：

「三田村，妳知道澀谷的道玄坡那裡開了一家新的漢堡店嗎？」

「啊，我知道，我知道。那家漢堡店的有機蔬菜堡超好吃。」

「那種清爽的口味太可怕了，一下子就可以嗑掉三個。」

「而且聽說熱量很低，女生都很喜歡。」

「妳不覺得那家店的裝潢超有品味？」

「沒錯，真的超讚！如果可以住在那種感覺的房子就太帥了。」

三田村發揮著想像力，雙眼開始發亮時，末次咚咚地敲了敲桌子。

「廢話聊完了嗎？要做正事了。」

「……」

森田和三田村臉上立刻寫滿「無趣」，末次低頭看著攤開的資料。

唉，這兩個人真的有辦法按照客戶的指示完成宣傳小冊子嗎？

末次想要嘆氣，但勉強閉上嘴巴，把嘆息吞了下去。忍住嘆息需要的力氣和毅力是忍住呵欠的三倍。

「那我先從企劃的概要開始說明。」

末次仔仔細細、反反覆覆向兩個年輕人說明那家養老院母公司公關人員提出的要求，之後拿出照片和資料，開始說明養老院的環境，兩個人突然開始笑。

「啊哈哈，這個窗戶的設計太扯了。」

「對啊，而且為什麼要把牆壁漆成黃色？」

喂喂喂，為什麼開始討論這種無關緊要的事？

末次一次又一次低頭拜託，好不容易才爭取到這個案子，如果他們在客戶面前說這種話，案子就泡湯了。

「你們聽好了，我們的工作就是完成客戶的要求，你們說這種無關緊要的話，萬一惹毛客戶怎麼辦？拜託你們，千萬不要在客戶面前亂說話。」

「……」

「……」

這種時候不要愣在那裡不說話，不是應該回答「是」嗎？

末次的忍耐終於超過極限，忍不住深深嘆氣。

✦✦✦

這天晚上，末次去了SAB運動俱樂部，想徹底抒發一下爆表的壓力。

「嗨，老闆，你來了。今天一樣滿臉色相啊，是不是又吃了很多中國的可疑壯陽藥？」

牙醫四海立刻調侃他。

「當然有吃啊，來這裡會見到心愛的美鈴，我必須做好萬全的準備，才能夠隨時提槍上陣。」

末次開玩笑回答。這家健身房的頭號美女笑著吐槽說：

「我在玩之前的藥檢很嚴格，所以老闆，你已經出局了。」

「那要不要採集我的尿液，檢查一下我是不是真的有吃？」

「當然不是由我檢查，那就交給第三方公正的權媽媽來處理。」

渾身肌肉飽滿、身高超過兩公尺的光頭跨性別者被美鈴點名後，扭著身體回答：

「啊喲，只要老闆不嫌棄，不管是尿液還是其他體液，我都很樂意幫你擠出來。」

四海醫生聽了之後大笑說：「哇，老闆，你這下子慘了！權媽媽會把該擠的和不該擠的統統榨乾，你會變成木乃伊！」

「饒了我吧，權媽媽會把我的小弟弟連根拔起。」

末次的眉毛皺成八字形說道，所有人都拍手大笑。

熟悉的重訓區內，每個健身同好臉上都帶著笑容，充滿愉快的氣氛。這幾年，他從來不曾在公司內感受到這種放鬆的感覺。

「啊，對了，你之前向我要那個的樣品，我今天帶來了。」

在厚紙加工廠任職的上班族訶訶交給他一個小紙袋。

「老闆，這是你最愛的那個。」

「喔，原來是那個，那個啊。訶訶，太感謝了。」

末次立刻拿出紙袋裡的東西展示給大家看。

「這個迷彩圖案的盒子裡裝了什麼？感覺超酷。」

還在讀高中的阿俊伸長脖子仔細打量著。

「喔，你想知道嗎？不瞞你說，這是——」末次故弄玄虛地說話的同時，撕開紙盒外的塑膠紙，然後緩緩打開盒蓋，拿出裡面的東西。「這是為我的小弟弟準備的新衣服，而且是會長大的衣服。阿俊，你用過嗎？」

阿俊似乎還是處男，得知這是迷彩圖案的保險套，有點手足無措，但他畢竟是青春期的少年，不服輸地反抗說：

「當、當然有啊，這又不是什麼了不起的事……老闆，你還有辦法用嗎？」

「啊喲，阿俊，你可千萬不能小看老闆，目前日本各地的碼頭港口，都有許多和老闆長得一模一樣的小孩，而且每年都有新的小孩持續增加。」

權媽媽故意嚴肅地說，像烏鴉翅膀般的睫毛用力眨了一下，向他拋了媚眼。

末次聽到權媽媽的話後更來勁了。

「阿俊，你聽好，我小弟弟的這件衣服還有名字，叫『探險隊』，衣服上還有特製的顆粒。只要套住我小弟弟的全身，就可以一次又一次出入被地下水濕潤的神秘洞窟，所有男人天生都是冒險家。」

「這種邪惡的說法是怎麼回事？既然到處都是相同長相的小孩，穿這件名叫『探險隊』的衣服不是根本沒意義嗎？」

美鈴吐槽說，其他人都異口同聲地說：「有道理！」然後拍手大笑起來。

末次看著他們開心的笑容，發現自己發自內心鬆了一口氣。

雖然這幾個人都是個性有點古怪的怪胎，但骨子裡都是獨立的成年人。就連還在讀高中的阿俊也不例外，雖然性格有點彆扭，但想說什麼都勇於表達，因此對話可以成立，相較之下，公司那兩個寬鬆世代……

末次冷不防想起那兩個棘手的外星人，於是就調侃美鈴，試圖調整一下自己的心情。

「反正就是這麼一回事，美鈴，妳要不要和我一起去未知的世界探險？」

「你先通過權媽媽的藥檢再說。」

「喂喂喂，美鈴，妳態度這麼冷淡，小心會交不到男朋友。」

「是嗎？那你包養我好了。」

「好，那就一言為定！」

「要提供我高級公寓，外加每個月給我一千萬，怎麼樣？」

「再便宜一點，我的公司是小公司。」

「我才不會賤賣自己。」

「啊喲，如果美鈴不行，那可以考慮我？我只要普通的公寓，外加每月一百萬就好。」

權媽媽在旁邊噘起特大號的嘴唇，抛個飛吻。末次感受到根本不存在的風壓，整個人差點向後仰，大家都笑了起來。

「啊……來這裡果然太開心了。」

末次嘆著氣說。訶訶見狀，嘴角帶著微笑，歪著頭問：

「嗯？老闆，發生什麼事了嗎？」

「是啊，我們公司的年輕人——也就是所謂的寬鬆世代——他們簡直就像是外星人，根本不知道怎麼和他們相處。他們缺乏毅力，開口閉口就說『但是』，又不聽別人說話，連敬語都說不好，真不知道要怎麼把他們變成地球人。」

末次在說話的同時，拿起啞鈴。今天是練習手臂彎舉的日子。他坐在長椅角落，右手握著啞鈴，把手肘放在右膝內側，肱二頭肌用力，彎起了手臂，開始訓練。

跨性別者粗獷的聲音在末次的身後響起。

「老闆，我告訴你，你沒辦法改變別人，只能改變自己。」

「啊？」

末次抬起頭，看著鏡子中的權媽媽。

權媽媽對著鏡子，把舌頭伸進上唇內側，模仿大猩猩。他的臉實在太滑稽了，末次噗嗤一聲笑了。

「你看，我變臉之後，原本板著臉的你也笑了，所以要先改變自己。」

權媽媽恢復嚴肅，末次同樣收起了笑容。

「你公司的年輕人，也許就是你的翻版。」

「啊？什麼意思？」

「眼前的別人，其實就是自己在鏡子中的樣子。」

原來是這樣……

的確，當權媽媽做出好笑的行為時，自己會覺得很好玩。當權媽媽嚴肅時，自己也嚴肅起來。

「但是……」

末次轉過頭，直接看著身後的權媽媽。權媽媽淡淡一笑說：

「你看，你自己也都說『但是』了，所以啊，就算年輕人說『但是』，你也不能罵他們。」

「呃呃……」

「開玩笑啦。總之，是你對寬鬆世代太敏感了，這種意識會變成『無形的高牆』。」

權媽媽說完，拋出媚眼，簡直可以聽到他睫毛發出像翅膀拍動的聲音。

然後，他開始用史密斯機練習深蹲。

敏感、無形的高牆嗎？

是我造成的嗎？

嗯，真的嗎？

末次目不轉睛地注視著鏡子中自己的臉。

鏡子中的自己是比想像中更蒼老的老人。

不行，不行，我怎麼可以老？

我還很年輕。

他激勵著自己，肱二頭肌用力。

✦✦✦

隔天上午，沒有任何預定的工作，末次十一點半才姍姍來遲地在公司現身。雖然走進辦公室，不過並沒有人向他打招呼，於是他只能主動向其他人打招呼。老大姐最先回應，其他人也都按照年齡的順序，輪流回應他，但都只是用慵懶的聲音在嘴中嘀咕幾個字而已。

真是夠了……末次坐在可以看到所有人的董事長座位，喝著在便利商店買的罐裝咖啡，打開了還不是很會使用的電腦，確認電子郵件——沒想到馬上就克制不了地嘆氣。

令他嘆氣的那封電子郵件的寄件人，就是坐在他前面座位的小見山。

『老闆：剛才接到電博堂原田部長的電話，他在電話中說，末次先生的企劃已經落伍了，想看看年輕人寫的企劃。另外還要報告一件事，但也許是多此一舉，那就是森田和三田村在討論，川上設計的女老闆是你的情婦。相原姊和我早就知道了，但是你是否要注意一下？』

原本看著電腦螢幕的末次抬起頭，看著小見山。小見山戴著很醜的眼鏡，瞪著自己的電腦，完全沒有看末次。

到底該叫她過來，還是用郵件回覆她。必須好好想一下。

但是，無論如何，小見山，妳太天真了——末次心想。即使別人說我的企劃寫得落伍，還是照樣接到工作。而且，不好意思，川上設計的老闆並不是我唯一的女朋友，雖然她是頭號女友，但除了她以外，我還和好幾個女人交往。我是鰥夫，是單身，又不是婚外情，根本不是什麼「情婦」。更何況妳管得著嗎？我不能讓自己變老，為了這家公司，為了所有員工，必須拚老命賺錢，所以我才買那麼多中國的便宜壯陽藥，去健身房練身體。我這個老闆不活力充沛地在外面接案子，哪有錢發你們的薪水——

末次想到這裡，感到有點煩躁時，想起權媽媽昨天晚上說的話。

無法改變別人，只能改變自己嗎？

好。末次用力深呼吸後，用平靜的語氣說：

「呃，小見山，妳可以過來一下嗎？」

「啊，我正進入佳境。」

小見山的臉湊在電腦螢幕面前，冷冷地回答。

「喂喂喂，妳的態度這麼冷淡，小心交不到男朋友。」

末次想起昨晚和美鈴的對話，故意用開朗的聲音說了相同的話，沒想到小見山的臉完全沒有離開電腦，用比機器更冷的聲音說：

「這是性騷擾嗎？」

「……」

這一天，下班時間七點一到，三田村就馬上起身。

看到這個寬鬆世代的年輕人時間一到，就立刻收拾東西準備回家，甚至不願意加班一分鐘，末次無法克制自己的眉頭皺起來，但他站起來，用開朗的聲音大聲說話。

我要試著改變自己。

「好，今天大家一起去聚餐，我請客。」

老大姐相原立刻語帶歉意地說：

「對不起，我要回家餵狗，再忙一下就要回家了。」

「啊？喔喔，原來是這樣。養寵物就是這樣，其他三個人呢？偶爾一起吃飯，聊聊工作以外的事也不錯啊，小見山，怎麼樣？」

「我不會喝酒。」

「不喝也沒關係啊。」

「不好意思。」

「老闆在邀約，偶爾捧個場嘛。」

末次半開玩笑說，小見山為難地回答：

「這次又要職權騷擾嗎？」

「……」

喂喂喂，不會吧？

末次說不出話，但如果現在退縮，無法改變未來。

「好吧，那相原和小見山就下次有機會再一起吃飯，森田和三田村呢？」

末次帶著求助的心情看向兩個寬鬆世代的年輕人。

森田和三田村互看一眼，然後嘆氣。

「嗯，如果不會拖到太晚的話，我OK啊。」

「那我也……」

「啊？」末次以為自己聽錯了，反問：「你們願意陪我一起吃飯？」

末次說完之後，對自己說的話感到懊惱，有點頭暈。

願意陪我——為什麼自己是堂堂的老闆，要對兩個菜鳥說這麼沒出息的話？難怪那兩個寬鬆世代的年輕人錯愕地看過來。

他們的視線讓末次感到有點手足無措，但為了重拾身為老闆的威嚴，他用低沉的聲音應戰。

「好，你們想吃什麼？無論是中餐、西餐還是日本料理都沒問題。」

「我在減肥，想吃日本料理。」

「我想大吃一頓，想吃中餐。」

「……」

為什麼會變成這樣？至少該識相點……

末次感到沮喪，小見山在一旁插嘴說：

「你們不要讓老闆為難，用猜拳決定要吃什麼吧。」

喔喔，小見山，這個提議很不錯。末次抬頭一看，發現坐在小見山身旁的相原也看著兩個寬鬆世代的年輕人，一臉無奈。

老馬果然識途，老員工果然識相。雖然兩名資深的員工很難搞，但至少很懂得人情世故。

但是，寬鬆世代根本不聽前輩的話。

「我才不要用猜拳決定好壞，那就各退一步，去吃西餐好了。」

「那我也吃西餐。」
末次覺得寬鬆世代是那種在運動會的賽跑時，會吆喝著「大家手牽手，一起跑到終點」的人，至少不會發動戰爭。

✦✦✦

最後，末次帶他們去離公司走路只要五分鐘的一家義大利餐廳。也許是因為臨時打電話預約的關係，被安排到右方深處、位在廁所旁的座位，幸好廁所門和餐桌之間種了枝葉茂密的觀葉植物，形成一道牆，因此並不至於太令人在意。
末次坐下之後，把菜單交給森田和三田村，慷慨地說：
「你們可以隨便點自己喜歡的。」
沒想到森田還沒有仔細看菜單，就舉手請服務生過來。
「要點餐了嗎？」
服務生走過來後，看著熟客末次的臉問，但森田搶先回答說：

「雖然還沒決定要點什麼，但可以請你先上五道這家餐廳最受歡迎的餐點嗎？」

呃……不先問最受歡迎的五道餐點是什麼，就直接點嗎？

末次大吃一驚，三田村瞇著眼睛，開心地說：「感覺很好玩欸。」

好玩……嗎？既然這樣，那就這樣吧。

服務生看著末次，用眼神問他：「這樣可以嗎？」末次點了點頭，讓服務生安心。

「那就請你上幾道拿手的餐點上來，啊，可以先上生啤酒嗎？你們也喝啤酒嗎？」

「好喔。」兩個寬鬆世代的年輕人一如往常，用拖著尾音的聲音回答。

「那就先這樣。」

「沒問題。」

服務生聽了末次的回答後，顯然鬆了一口氣，走回廚房。

真是夠了。沒想到光點餐就這麼累。

末次目送服務生走進廚房後，將視線移到眼前的兩個人身上——立刻說不出話。兩個人都拿著手機在打字。

「喂喂喂，難道不能先放下手機嗎？」

「對不起，如果我不先傳訊息告訴我媽，今天晚上不回家吃飯，回家會被罵得很慘。」

「我必須回覆朋友的訊息，不能已讀不回。」

「這、這樣啊……」

兩個人頭也不抬地回答，完全不認為自己的行為有任何問題。

三個人圍坐的餐桌陷入沉默。此時此刻，只有無所事事的自己感到很不自在吧。末次這麼想著，無奈地嘆氣。

終於開始用餐，飲料從啤酒換到店家精選的葡萄酒時，才總算開始聊天。這兩個人雖然很不懂得人情世故，但深入聊天之後，發現他們都很不錯。

他們很重視家人和朋友，末次向他們提供工作上的建議時，他們竟然聽取了意見，美中不足的是，他們在回答時，還是拉長尾音說「好喔」。

末次喝完兩杯紅葡萄酒後，起身去了廁所。他站在設計很時尚的小便斗前，內心嘀咕著——只要好好磨練，他們也許可以成為像樣的廣告人。上完廁所後，他走了出去。

走出廁所後，他立刻停下腳步。

他從茂密的觀葉植物葉子縫隙看著那兩個人，看得出神。他並不喜歡偷窺，但有點在意自己不在的時候，他們是什麼樣子，於是就悄悄觀察了一下。

啊啊，我就知道……

果然不出所料，兩個人都拿著手機在打字。末次正打算嘆氣，三田村低頭看著手機開了口。

「森田，你為什麼答應接養老院的案子？」

「喔，妳說那個啊，要怎麼說呢？我小時候父母都在上班，整天不在家，我是奶奶帶大的。」

森田在回答時，仍然低頭看著手機，三田村也一樣。

「我奶奶很疼我，想到這件事，就覺得好像要接這個案子。」

「喔，原來是這樣啊，我們家是小家庭，從來沒有和爺爺、奶奶一起住過，但每次回老家，他們都會對我們很好。」

「對啊，爺爺、奶奶，或是外公、外婆真的都很好。」
「嗯，你奶奶目前還好嗎？」
「去年死了，得了胰臟癌。」
「……」
躲在觀葉植物後方偷窺的末次說不出話。三田村可能把電子郵件寄出去，說了聲「好了」，才終於抬起頭。
「我的外公和外婆也都在去年過世了。」
「是嗎？妳有沒有哭？」
「有啊，我哭得超慘。」
「我也哭得很傷心，我奶奶在臨死之前躺在醫院的病床上，用乾瘦的手無力地握著我的手，眼淚不停地流，對我說謝謝，任誰都會哭得超傷心吧？」
「會，一定會。我聽你這麼說，就快哭出來了。」
「啊，慘了，我想起當時的情景，又有點想哭了。」
站在觀葉植物後方的末次已經用手指按著眼角。上了年紀之後，淚腺就特別發達。

「你不覺得老人都很親切，都很好相處嗎？」

「對不對？我隱約覺得，可以藉由製作養老院的小冊子，回報世界上的老人。」

「嗯，這種感覺很不錯，真的很希望能夠為他們做出很棒的小冊子。」

站在觀葉植物後方的末次，拿出手帕，擦著流下的眼淚。雖然剛才洗完手後，用手帕擦過水，手帕有點濕濕的，但這種事根本不重要。末次深受感動，同時深刻反省，他為自己無論遇到任何事，就把願意來自己公司工作的員工歸類於「寬鬆世代」而感到羞愧。沒錯，必須根據每一個人的資質判斷他人，不能歸類於團塊世代、寬鬆世代或是新新人類這種肉眼看不到的框架中。而且，正如權媽媽所說的，如果自己不敞開心房，建立「人與人」的關係，就無法看見他們的本質。

真對不起你們……

好，我要和這兩個可愛的員工充分進行心靈交流。

末次下定決心，精神抖擻地準備從觀葉植物後方走出來時，聽到了他最不想聽的接續詞——「但是」。

「但是，同樣是老人，我們老闆卻經常說什麼只要按照客戶的要求完成就好，你不覺得這種想法很沒創意嗎？他應該算是那種尸位素餐的老賊吧？」

「嗯，我也覺得，如果對客戶言聽計從，我們就變成打雜兼作業員了。」

「就是啊。」

「聽說老闆快七十歲了？」

「應該早就超過了吧？」

開什麼玩笑！我距離七十大關還有整整一年！末次很想痛斥他們，但拚命忍住，繼續豎起耳朵。

「這樣啊，人一旦超過七十歲，想法真的會很老派。話說回來，老闆還必須每個月發薪水給我們，在很多問題上不得不妥協。」

「也對啦，但既然決定交給我們兩個年輕人負責這個案子，這次就要充分發揮個性。」

「有道理！要呈現出一個酷帥的養老院。」

喂喂喂，酷帥養老院是怎樣的地方？這樣的宣傳小冊子沒問題嗎？客戶會不會有意見？不，重點是竟然把我歸類為「老人」，簡直無法無天！

末次忘了自己前一刻才把他們兩個人歸類為「寬鬆世代」，對自己被視為老人感到憤慨，抱起雙臂。我才不是老人，經常去健身房健身，已經可以臥推和體重相同重量的槓鈴。只要吃中國產的壯陽藥，下半身勇猛如昔，更何況這家公司是靠我的人脈和信用才能接到案子，才能維持經營到今天，他為此感到驕傲和自豪。

他們竟然把我說成不中用的廢物——是可忍，孰不可忍。

末次覺得前一刻積極正向的想法完全被澆了一盆冷水。他板著臉，從觀葉植物後方走了出來。兩個年輕人察覺他回來後，立刻把手機塞進皮包。

「老闆，你去了這麼久，是上大號嗎？」

森田問。三田村噗嗤一笑。

「是啊，我的腸胃很順暢，醫生曾經說我內臟的年齡只有四十多歲，不，好像是三十多歲。」

末次毫無意義地虛張聲勢，咧嘴笑了，但又對這樣的自己產生了一種難以形容的憐憫，於是大口喝著杯中的葡萄酒。

接著，末次又懇切地說明對廣告人來說，重視客戶有多麼重要，但那兩個年輕人明顯在忍著呵欠，不時慵懶地回答「好喔」，最後，森田打斷了末次的滔滔不絕，對他說：

「啊，慘了！今天有我絕對不能錯過的電視節目。呃，老闆，我可以十五分鐘後先走一步嗎？」

「啊？看電視？」

「真的很抱歉。」

末次對森田的話感到錯愕，剛好和三田村對上眼。三田村也突然不太自在地開了口。

「那我也和森田一起走。」

結果根本不需要十五分鐘，吃完餐盤內食物的五分鐘後就鳥獸散了。

走出餐廳，目送著匆匆踏上歸途的兩個年輕人遠去，末次在昏暗的路燈下看著手錶。現在還不到九點。他輕輕嘆氣，無精打采地沿著小路走向大馬路。在護欄旁舉起右手，一輛經過的計程車馬上停在他面前。末次坐進後座，把住家附近的車站名字告訴司機。車子開出去後，他無力地靠在椅子上。

他怔怔地看著車窗，街頭的燈光不停地向後流逝。他突然感到空虛，好像自己走過的人生一下子就變成過去。

過去持續增加，未來不斷減少。

最近，他發現了這個理所當然的事實，心情有點沉重。自己能夠在所剩不多的時間做什麼？不斷累積的過去到底算什麼？他想著這些無聊的事，不禁嘆著氣。

他不想就這樣回家。妻子去世之後，他獨自住在木造的兩層樓房子，但空間有點太寬敞，而且寂靜也太沉重了。

他隨著計程車的晃動，閉上眼睛。

然後小聲嘀咕說：

「那就去雲雀酒吧坐一下……」

✦✦✦

「雲雀果然不會讓人失望。」

末次的屁股黏在熟悉的酒吧吧檯椅上不想起來。雖然都已經過了半夜十二點，末次仍然控訴著寬鬆世代令人難以置信的行為。站在吧檯內的權媽媽和香織對他的牢騷既沒有充耳不聞，但也沒有完全當真，只是適時回應幾句。

「權媽媽，你能理解我的心情嗎？他們不說自己連打招呼都不會，卻說我的想法很老派。」

「其實老派不是貶義詞，香織，妳說對不對？」

權媽媽切著蔬菜棒說道。

「對，我也有同感。」

「香織，妳總是這麼溫柔可愛，很會安撫人心，笑容美，心地更美。」末次隱約察覺到自己開始口齒不清，但覺得仍然沒有喝夠。「香織，可不可以調一杯適合我的雞尾酒？」

末次一口氣喝完剛才慢慢啜飲的單一麥芽蘇格蘭威士忌兌水酒，把空杯子遞給香織。

「好。」

香織用酒保特有的流暢動作鞠躬，從冰箱裡拿出檸檬和柳丁。

「我很久沒有調這款雞尾酒了。」

香織自言自語地說完，俐落地把檸檬切片，把柳丁切成半月形，接著把用吸收了苦精的方糖和五塊冰塊放在寬底的杯中，再將裸麥威士忌咕嘟咕嘟倒進杯中，把柳丁、檸檬和紅色櫻桃串在雞尾酒針上，放進杯子，最後放了一根透明的調酒棒，然後將琥珀色的雞尾酒放在末次面前。

「讓你久等了。」

「這是什麼？」

「古典雞尾酒。」

權媽媽回答。

「古典雞尾酒？喂喂，這不是代表老派的意思嗎？沒想到香織也這麼愛捉弄人。」

末次把眉毛皺成八字形，但香織露出了清純的微笑說：

「不，我調製這杯酒，並不是想表達這個意思，而是覺得這杯酒的酒語完全適合至今為止和從今以後的你。」

「這杯酒的酒語是什麼？」

「走自己的路。」

權媽媽在一旁插嘴說完，用好像法蘭克福香腸般粗肥的手指戳了戳末次的額頭。雖然權媽媽只是輕輕戳一下，但坐在高腳椅上的末次差一點跌下來。香織見狀，噗嗤一笑，末次也苦笑著說：「你力大如牛，請手下留情。」

「啊喲，真是對不起啊。」

權媽媽一臉事不關己，把剛切好的蔬菜棒遞給末次。

末次拿起酒杯，打量著在杯中搖晃的琥珀色液體。

「走自己的路……嗯，聽起來很不錯。」

香織瞇起眼鏡後方的眼睛，輕輕點點頭。

「你公司的年輕人有年輕的感性，但你也有建立在經驗基礎上的做事方法，我認為沒有好壞和高低之分，你可以像之前一樣，運用自己的經驗，走自己的路。至於是不是老人，我認為是由自己決定。」

「香織，我問妳。」

「什麼？」

「妳認為我是老人嗎？」

「我覺得是很優秀的大叔。」

被可以當自己孫女的年輕女生安慰，末次忍不住眉開眼笑時，聽到權媽媽粗獷的聲音。

「他的色心那麼強，怎麼可能是老人？」

「當然，我打算一路色到掛。」

「哇喔，老闆發表了『發情宣言』。」

三個人大笑起來。

權媽媽又繼續說：

「對了對了，這杯雞尾酒可以用調酒棒把方糖溶化，或是把檸檬汁擠出來，按照自己的喜好調整味道。」

「喔，是這樣啊。」

「但你第一次喝這種雞尾酒，所以不知道要溶掉多少方糖，也不知道要擠多少檸檬汁，對不對？」

「嗯，對啊。」

「工作不也是一樣嗎？雖然一開始可能有點麻煩，但要讓年輕人有機會多累積經驗。如果他們做錯了，就好好罵他們，這就是發情老人該發揮的作用。」

權媽媽故意大聲說了「老人」這兩個字，然後拋了一個好像烏鴉在拍翅膀般的媚眼。

「但如果完全放手交給他們，很令人擔心。他們做事真的很慢悠悠，簡直到了令人難以置信的程度。」

末次立刻拿起調酒棒擠壓著檸檬的果肉說。

「老闆，你聽過『停滯期』嗎？」

「嗯，那是什麼？」

「是健身用語，也稱為瓶頸期。長期重訓，大部分人會發現體態變化變得緩慢，陷入了瓶頸，至於這種時候該如何突破……」

「要怎麼突破？」

末次喝著酒問。

「可以結合慢速訓練。」

就是用緩慢的動作重訓嗎？

「不要一個人全力衝刺，偶爾讓你口中慢悠悠的人加入，或許會有新的發現。」

是這樣嗎？

末次用調酒棒戳著方糖思考著。

他再次喝了一小口雞尾酒，發現甜味和苦味增加，比剛才更順口，但檸檬的酸味略微不足，於是他又擠了點檸檬，雞尾酒的口感更協調了。

慢條斯理、悠閒的寬鬆二人組嗎？

在餐廳時聽到他們聊起對祖父母的感情——聽起來很不錯，但他們的社會經驗不足，而且是壓倒性不足。話說回來，自己年輕時也曾經因為經驗不足，犯了很多錯，每次都被前輩或是客戶痛罵，然後就在不知不覺中，能夠在工作上獨當一面。

好，那就讓他們累積經驗。

「呼！」末次短促地嘆氣，下定決心。

「香織，這杯雞尾酒很好喝。」

末次在說話時，發現自己的聲音聽起來比剛才更有精神了。

✦✦✦

隔天，末次一進公司，就對森田和三田村說：

「福幸苑的案子就完全交給你們了，希望你們好好完成。」

事出突然，寬鬆二人組聽了之後相當錯愕，但馬上異口同聲地拖著尾音回答：

「好喔。」

「好喔。」

回答的時候只要說「好」一個字就夠了。末次差一點脫口教訓他們，但最後還是把話吞下去。

今天要做什麼事呢？

末次在思考這個問題的同時打開電腦，剛好收到小見山的電子郵件。就是目前坐在他前面，正在打電腦的小見山道子寄來的。她為什麼不能用說的，每次都寄電子郵件呢？真是麻煩。末次在內心小聲咒罵著，決定看看電子郵件寫了什麼。

『完全交給他們沒問題嗎？』

電子郵件的內容只有這一行字。

『我相信他們。』

末次用左右兩根食指笨拙地打出這五個字回覆小見山。雖然寄出去之後發現自己好像耍帥有點過頭，覺得有點難為情，但小見山面不改色地注視著電腦螢幕，既讓他鬆了一口氣，也有點失落，心情格外複雜。

沒想到那天之後，末次內心的不安與日俱增。因為寬鬆世代的字典中沒有「職場生存三法則」，也就是完全沒有做到對管理層必須貫徹的「報告、聯絡、請教」這三件基本的事。

他們真的不會在客戶面前出錯，能夠順利完成這個案子嗎？

末次每次看到這兩個年輕人生活在太平盛世，因而缺乏危機感的臉就很不安。雖然可以用閒聊的方式問他們：「那個案子，目前的情況怎麼樣？」但之前已經向他們宣布「完全交給你們」，而且在回覆小見山的電子郵件時，也豪氣地說什麼「我相信他們」，因此認為不方便打聽目前的進度。

但一個星期後，內心的不安持續膨脹，末次甚至感到焦慮。於是悄悄拜託最資深的相原定子，向寬鬆二人組打聽了進度。

打聽到的結果——

竟然好得出乎意料。

他們多次前往福幸苑，拍照蒐集素材，進行文字採訪工作，和養老院的老人建立良好的關係。

末次聽了相原的報告後大大鬆口氣，拿起小見山剛才倒的茶。雖然茶已經冷掉了，他喝著茶不禁自我反省，認為工作的確應該放手讓下屬去做。

可惜末次內心的平靜並沒有持續太久。

✦✦✦

「喂，末次先生嗎？不好意思，可以請你馬上讓那兩個人撤出我們的案子嗎？」

末次把工作交給寬鬆二人組的半個月後，接到福幸苑公關人員的電話。

對方在電話中表達出強烈的不滿。末次剛好拜訪完客戶，在地鐵月台上接到了這通電話。

「他們做錯了什麼嗎？」

「才不是做錯而已。」

對方帶著怒氣的聲音很刺耳，他把手機從耳朵旁移開。

「不好意思，請問他們、到底——」

「他們什麼都沒有告訴你嗎？」

「是……不好意思。」

一問之下才知道，森田和三田村向公關人員指出福幸苑的營運方式和員工的服務有問題，還揚言無法在目前正在製作的宣傳小冊子上寫假話。

「你們公司的年輕人有什麼資格批評我們的經營方式？而且還狂妄地說什麼不能為我們在宣傳小冊子上寫好話。」

「啊，真是、太抱歉了……」

「我是因為你說無論如何都想接我們的案子，這才交給你們。」

「我瞭解，真的不知道該說什麼才好……」

末次隔著電話，向比自己年輕三十歲的公關人員頻頻鞠躬道歉。

「總之，請你趕快派其他人過來，如果無法準時交貨，到時候付款的金額也會打折扣。」

公關人員不滿地說完後，輕輕咂嘴，就掛上電話。

「唉……」

末次發出了這幾年從來不曾有過的深深嘆息，右手揉著太陽穴。

一看手錶，已經晚上七點半了。他記得那兩個人今天去養老院後會直接回家。他拿著手機，先打給森田，鈴聲響了幾次後，轉到語音信箱。接著打給三田村，結果也一樣。

末次想起來了。寬鬆世代在下班之後，就不再接工作相關的電話。

這兩個笨蛋！

他很想把手上的手機丟向鐵軌，幸好忍住衝動，但他無意識咂了一下嘴，被站在他身旁的大嬸瞪了一眼。

隔天上午，末次開車去拜訪客戶，下午進了公司，看到森田和三田村若無其事地坐在各自座位上，立刻對他們說：「你們現在馬上和我一起出門，馬上，聽到了嗎？」把他們帶離公司後，叫他們坐在後座。

末次坐在駕駛座上，默不吭氣地踩下油門。

目的地當然就是福幸苑。

車子駛離停車場，在有便利商店的那條小路左轉，來到大馬路上。

「昨天，福幸苑的公關打來抗議。」

末次握著方向盤，用低沉的聲音對後座的兩個人說。兩個人都沒有回答。他從後視鏡中看了他們一眼，發現他們很不耐煩。

「森田，到底是怎麼回事？」

他在路口前轉動方向盤，上了首都高速公路。

「要怎麼說……反正那家公司的服務太差了，我們實在看不過去，所以我就實話實說，告訴窗口不可能在宣傳小冊子上寫這家養老院很棒之類的話。」

「實話實說？客戶有要求你實話實說嗎？」

森田完全沒有回答。既然不回答，就代表他多少有一點罪惡感，但也可能是不服氣。

「你們應該知道我目前要去哪裡吧？」

沒有回答。但是他們不可能不知道。末次看向後視鏡，如果他們在看手機，就準備好好罵他們一頓，但並沒有看到這一幕。兩個人都凝重地微微低著頭。

末次覺得自己年輕時也曾經這樣挨罵，因而很沮喪。那是什麼時候的事？他想不起來，但一定有過相同的經驗。不，自己應該不會闖這麼大的禍，我應該不至於像他們這麼離譜。

他突然想起權媽媽，香織為他調製的古典雞尾酒的味道在他的舌尖甦醒。

要讓年輕人有機會多累積經驗嗎？

無論是因為不合理的原因被客戶痛罵，或是去向這樣的客戶道歉，對他們來說，都是很好的經驗。

「等一下要真心誠意地道歉。」

末次用低沉的聲音說。

「但是……」三田村小聲地說。

「不要說但是，你們聽好了，有時候就算遇到再怎麼不合理的狀況，也必須要道歉。這就是社會的現實。」

末次說完後，車內陷入沉重的沉默。

福幸苑的停車場周圍是一片樹林，帶著森林氣息的清爽涼風吹過停車場。天空一片蔚藍，神清氣爽的感覺讓人難以想像他們等一下就要拚命道歉。

末次走在最前面，三個人一起走向養老院的玄關。

經過杜鵑花叢時，一名拄著拐杖的禿頭老頭有點慌張地走過來，突然用沙啞的聲音對森田和三田村說：

「喔，兩位年輕人，上次謝謝你們。」

燦爛的陽光斜斜地照在老人身上，他滿是皺紋的臉上揚起難以形容的燦爛笑容。

「不客氣，您別這麼說。」

三田村用比平時更文靜的聲音說完，對老人微笑。森田瞇起眼睛，輕輕搖手說：「爺爺，改天見。」

末次邊走邊問：

「你們幫那個爺爺做了什麼？」

「只是幫他剪指甲而已……」

三田村乖乖回答。

剪指甲？為什麼我們公司的員工要為養老院的老人剪指甲？這不是養老院該做的事嗎？他原本想這麼問，但已經到了玄關，就沒問出口。

在玄關左側的櫃檯告知來意後，一個上了年紀、態度冷淡的女人帶他們到食堂。三個人坐在角落的座位，等公關人員出現。那個上了年紀的女人沒有倒茶給他們，就轉身快步離開了。末次來之前就預料到，自己和寬鬆二人組果然不受歡迎。

一個駝背的老太太坐在右側不遠處的桌子旁，怔怔地看著窗外。老太太一動不動，看起來像雕塑。她可能已經失智了。

等了三分鐘左右，四十歲的男人大步走來。從他走路的方式，就可以感受到他的怒氣。末次和寬鬆二人組一起站起來迎接。

久違的公關人員大原勉有點粗暴地拉開對面的椅子坐下，看著末次說：

「我昨天已經要求你換人了。」

他完全不理會寬鬆二人組。

「是，我當然打算這麼做，但還是要先來道歉。」

「喔，那先坐下再說……」

「好，不好意思。」

三個人同時很聽話地在椅子上坐下。

大原挽起襯衫的袖子，在胸前抱著雙臂，瞪著他們。他的手臂蒼白乾瘦，末次覺得如果要比腕力，自己可以贏他。如果讓他和權媽媽比腕力，手臂馬上會被折斷——末次想著這種無聊的事，雙手放在桌上說：「真的很抱歉。」他說完這五個字，正想繼續說下去，右側響起一個倔強的聲音。是森田。

「老闆，請你不要道歉。」

末次說不出話，大原的表情更加可怕。他的眼睛瞪得像盤子一樣大，嘴唇發著抖。

「喂，森田！」

末次語帶責備地叫了一聲，但森田並沒有退縮。

「我們並沒有錯，廣告上不能寫謊言。」

「什麼叫謊言？哪有說謊？」

大原隔著桌子撲過來，他的情緒快失控了。末次被他的氣勢嚇到，身體向後退，令人驚訝的是，坐在他左側的三田村反而探出身體說：

「說謊就是說謊。這裡的工作人員根本沒有好好照顧這些爺爺、奶奶，他們的指甲都長得快折斷了，洗澡的時候也從他們的頭上倒熱水，替他們翻身時，動作還很粗魯，餵飯的時候把粥和菜攪在一起，塞進他們嘴裡，這能夠稱為服務嗎？」

三田村平時向來很文靜，沒想到她說話這麼犀利。森田也繼續展開攻勢。

「我死去的奶奶曾經對我說，工作就是要為他人服務，工作就是要讓別人感到高興，但這家養老院根本沒有讓這些老人家感到高興。」

大原愣在那裡說不出話，一個人用力深呼吸。他似乎超越了憤怒，反而冷靜下來。

「森田、三田村，你們說話不要沒分寸。」

末次刻意用平靜的聲音說話。根據多年的經驗，他知道這種時候小聲說話，反而比大聲說話更能夠讓對方聽進去。

沉重的沉默籠罩在餐桌上。

身後傳來食堂牆壁上掛鐘秒針發出的滴答、滴答、滴答聲，坐在對面的大原仍然持續深呼吸。他可能正在思考反駁的話。

這時，末次突然發現剛才坐在右側的那位瘦小的老太太不見了。難道是因為我們情緒激動的談話聲音太吵，她才走開了嗎？

「末次先生，」大原沙啞的聲音低聲問：「你今天來這裡的目的是什麼？」

「我是來道歉的。」

「這就是你的道歉嗎？」

「不，當然不是。我身為老闆，再次致上萬分的歉意，這次真的很抱歉——」

「老闆，」這次是三田村制止他，「請你不要道歉。」

她那張像彩頁模特兒的臉痛苦地扭曲著，努力忍著不讓眼淚掉下來。但是，只要認真面對工作，以後還會遇到很多想哭的事。如果因為對方不合理，每次都針鋒相對，根本無法處理。末次怔怔地看著大原抱在胸前的蒼白細手臂，決定這次要好好道歉。

就在這時，大原瞪大了眼睛。他驚訝的視線看向末次他們的後方。末次也跟著轉過頭，發現剛才那個瘦小的老太太站在身後，而且她身旁還有將近十個老人。

「這兩個年輕人並沒有做錯任何事，他們都是很善良的孩子。」

那個老太太突然笑著說道。

其他老人都紛紛點頭。

「我們都支持他們。」

一個滿頭白髮都炸開的老人說完，哈哈笑了起來。

這是怎麼回事？

末次轉頭看向大原，大原目瞪口呆，似乎正在思考該說什麼。

末次又看向三田村，看到兩行熱淚順著她的臉頰滑落。森田的淚水在眼眶中打轉。

森田就像小孩子一樣吸著鼻涕，拚命忍著哭泣，然後開口。

「老闆，我絕對不會讓自己的爺爺、奶奶來住這家養老院。」

「我也是。」

三田村帶著哭腔說。

「我想到……如果從小照顧我、現在已經去世的奶奶住在這裡……每次想到這件事，我……我就覺得絕對不能說謊……」

末次看著森田幾乎快哭出來的訴說，想起了已經離開人世的妻子。正如森田所說，如果妻子生前住在這家養老院，遭到粗暴的對待——光是想像這件事，不是就會感到心痛嗎？

身後的老人不再說話，但末次覺得他們平靜的呼吸聲格外溫暖。

末次好像嘆息般吐出一口氣，隨之吸入新鮮的空氣。

「大原先生，」末次靜靜地開口，充滿真心誠意地說：「我再度為這次要——」

「老闆！」

「老闆！」

森田和三田村都哭著叫他。

「你們先不要說話。」

末次小聲制止兩個人。

「這次我們公司的年輕人給你添了很大的麻煩，真的很抱歉，但是我——」他說到這裡，看著森田和三田村的臉，又吸了一口氣，用帶著老闆威嚴的低沉聲音，語氣堅定地說：

「我相信自己栽培的下屬。」

「……」

「……」

身後響起掌聲，是那些老人在鼓掌。

✦✦✦

從福幸苑回程的車子上，握著方向盤的末次回想起古典雞尾酒的味道，輕輕嘆氣。

真是夠了，完全沒有「走自己的路」，還失去了一個好不容易爭取到的案子。我還太嫩了。不，是太年輕了。他不禁這麼想。

老實說，現在經濟這麼不景氣，這次的確損失慘重。

話雖如此，他的心情仍然很不錯。

末次問後座的兩個人。
「我問你們，丟了一個工作的心情如何？」
「……心情、很不好。」
「我也、一樣……」
末次從來沒有聽過他們的聲音這麼沮喪。
對嘛，對嘛，這樣才對嘛，所以我的心情並沒有太差。末次忍不住嘴角上揚，打開車上的收音機。揚聲器傳來陰鬱的古典藍調，年代久遠的旋律有一種難以用言語形容的深沉味道，別有一番風味。

✦✦✦

隔天，末次走進公司後，又收到了小山見的電子郵件。
『老闆，森田和三田村剛才竟然稱讚你很民主，你今晚可以約他們一起吃飯。』
我就坐在妳面前，不要老是傳電子郵件，直接說就好了，而且不需要「竟然」這兩個字。末次用左右手的食指輸入了『我會』這兩個字，回覆小見山。

今天早上，寬鬆二人組也放鬆平靜地看著電腦，喝著咖啡。末次看到他們的杯子空了，開口對他們說：

「我打算交代你們兩個人做新的工作，這一次一定要完成，所以我想事先充分溝通。你們今天晚上有空去喝一杯嗎？」

末次故意用半開玩笑的語氣說話，但森田一如往常的嚴肅表情說：

「啊？真的嗎？我今天晚上有想看的節目……」

喂喂喂，根本和妳說的不一樣啊！

末次忍不住看向小見山的臉，這時，森田說出了非常、非常出乎意料的話。

「但是，明天的話，我和三田村都有空，只是不知道幾點才能回到公司。」

「喔？」末次看向寬鬆二人組問：「你們明天要去哪裡？」

「去埼玉縣。」三田村回答。

「埼玉縣？」

「我們要去找福幸苑的董事長，當面向他道歉，同時會好好拜託他改善服務品質，就是所謂的直接談判。」

竟然要去找對方的董事長直接談判？太狂妄了。

「等一下。」

末次翻開記事本。

明天的預定行程……

明天一整天都和工作上的朋友打高爾夫球。末次立刻拿起手機，打電話給朋友，謊稱自己腰痛，無法去打球了。

「森田，還有三田村，我明天和你們一起去道歉，也會和董事長直接談判，要求他改善養老院的服務品質，然後充分道歉。無論結果是好是壞，我們之後都要去開懷大喝。」

「好。」

「好。」

「咦？」

寬鬆二人組第一次不是回答「好喔」，而是說「好」。

或許只有一毫米的程度，但他們的確成長了。末次覺得自己竟然為這種無聊的事感動，苦笑著繼續問他們：

「太好了，那要吃日本料理、中餐或是西餐？」
「我還在減肥，想吃日本料理。」
「我想吃很多肉，西餐比較好。」
喂喂喂，才剛覺得你們有進步，這方面也稍微成長一下……
末次忍不住嘆氣，但腦海中浮現一個妙計。
「好，沒問題，那我帶你們去一家秘密的店，那裡無論西式餐點或是日本料理都很拿手。」
「是喔，那是什麼店？」
森田難得表現出好奇心。
「是一家有高大的跨性別者和美少女酒保分享人生經驗的店。」
「哇，那是怎樣的店？」
「聽起來很好玩。」
寬鬆二人組顯得很興奮，沒想到旁邊有人說了一句令人意外的話。
「那個……我也有點想去那家店看看。」
小見山說。
「啊？那我也要去。」相原跟著說。

妳們怎麼也來湊熱鬧？

「好，那明天就全公司一起去，不醉不歸。」

末次立刻撥打了權媽媽的手機。鈴聲響了五次，手機中傳來粗獷而又妖媚的熟悉聲音。

「喂，是我，我明天晚上要帶四名員工去店裡，幫我預約一下，日本料理、中式餐點和西式餐點都多準備一些。」

「啊喲，老闆，你的聲音聽起來很有精神嘛，該不會又吃了很多來路不明的壯陽藥？」

權媽媽明明已經察覺了狀況，故意開玩笑這麼問。

「別胡說八道，才不是這樣，是我終於打破了。」

「嗯？打破什麼？」

末次打量著凝視自己的四名員工。

雖然他們還不成熟，但這些年紀落差很大的員工都各有優點——

末次眉開眼笑地說：

「當然是停滯期啊。」

第六章　權田鐵雄的阿吽

深夜兩點過後，今天最後的客人從吧檯旁起身。

「我該回家了，權媽媽，麻煩幫我買單。」

「啊喲，這麼早就回家啊。」

跨性別者權田鐵雄是雲雀酒吧的老闆兼媽媽桑，他從標高兩公尺的位置對客人拋了一個重量級的媚眼，然後豎起比普通人大拇指更粗的巨大小拇指，惡作劇似的問：

「我說阿高啊，你今晚該不會又要去找上次那個女朋友？」

雖然他開著玩笑，卻不忘為客人結帳。

「啊哈哈，是啊。」

被權媽媽稱為阿高的人是四十歲左右的上班族，他接過找零的錢後，開心地笑了起來。

「啊喲，真羨慕左右逢源的男人，可以狡兔多窟。」

「權媽媽，你別開玩笑了，你也左右逢源吧？」

「啊呵呵，我唯一的情人就是這個。」

權田動動隱藏在T恤下的——應該說，根本藏不住——巨大胸大肌。他光是吸一口氣，T恤就快爆開了。

「哇！太、太猛了……但是，媽媽桑，如果你一輩子都形單影隻，不是太讓人難過了嗎？要不要試著找肌肉以外的情人？」

「阿高，那你要不要當我的情人？」

權田扭著身體，豎起代表女朋友的小拇指，上班族噗嗤一笑。

「好啊，如果所有女人都把我甩了，我結婚無望，就會把人生奉獻給你。」

「啊喲，這可是你說的，男子漢大丈夫，一言既出，駟馬難追。」

權田用好像棒球手套般的雙手用力擠壓著上班族的臉，把上班族的嘴擠得像章魚一樣。上班族只能邊哭邊笑地說：「我知道，我知道，我向你保證。」

「好，你真乖，那今天就先放你回去，改天再來。」

「嗯，我會再來，謝謝款待。」

上班族向權田和香織揮著手，消失在門外。

「呼！」

目送最後的客人離去，權田輕輕吐出一口氣。他並不是嘆氣，而是為今晚又順利度過發出滿足的喘息。

香織見狀，關掉店內播放的音樂。位在地下室的昏暗酒吧頓時一片寂靜。權田很喜歡這個瞬間帶來的一絲解脫感。

「香織，辛苦了，今天也謝謝妳。」

「媽媽桑，你也辛苦了。」

一身帥氣的酒保服裝、戴著銀框眼鏡、綁著麻花辮的美少女深深鞠躬，然後在兩個有柄大啤酒杯內倒了生啤酒。權田接過其中一個杯子。

「謝謝，今天很順利，而且生意不錯，希望明天又是美好的一天，乾杯。」

「乾杯。」

他們拿起酒杯乾杯後，喝著帶有溫潤泡沫的啤酒。兩個人的「小型慶功乾杯」是雲雀酒吧每天必不可少的儀式。

「啊，太好喝了。」

權田一口氣喝完杯中的啤酒，大啤酒杯在他手上變成了小酒盅。

「啊，今晚的啤酒也這麼好喝。」

香織優雅地喝了一小口後微微一笑，拿起一旁的義式香腸放進嘴裡。喝完啤酒，他們俐落地收拾好店內，十五分鐘後就走出酒吧，鎖好門之後，走上樓梯。

走出老舊的大樓，秋夜的柔風吹來，輕撫著權田像圓木柱般的脖頸。這時，一坨黑色東西彷彿是夜風的一部分，從小路深處慢慢靠近。原來是一身油亮發光的黑貓。

「耆老，讓你久等了。」權田說。

「喵嗚。」黑貓叫了一聲，在發出叫聲的同時，黑色身體磨蹭著權田和香織的小腿撒嬌。

兩個人都蹲下來撫摸耆老的下巴和後背，權田像往常一樣，拿出店裡剩下的食物（今晚是培根），撕成小塊後餵耆老吃。

「耆老，好吃嗎？」

「喵嗚。」

黑貓抬起頭，回答了正在溫柔撫摸牠後背的香織的問話。

耆老吃完之後，他們起身，向耆老說聲：「耆老，拜拜。」一起走在沒有其他人的小路上，來到車站前圓環時停下腳步。

「香織，那就明天見。」

「辛苦了，明天見。」

權田和香織像往常一樣，相互輕輕揮手，走向相反的方向。耆老端正地坐在暗巷內目送他們離去。

今晚的夜風帶著淡淡的桂花香氣。權田抬頭看著在雲間閃爍的星星，用力深呼吸，把帶著怡人芳香的夜晚空氣吸進身體。

✦✦✦

走了十五分鐘，權田回到兩房一廳的公寓，像往常一樣洗了熱水澡，刷完牙後，換上特別訂製的紅色居家服。走進毫無情趣的房間，坐在特大號床上，伸手用力揉著脖子到肩膀隆起的斜方肌。這幾天也許是因為沒睡好，感到很疲累。

滴答、滴答、滴答、滴答、滴答……牆上掛鐘的秒針發出聲音。權田最近打算換掉這個掛鐘，秒針無情的聲音似乎在用力提醒權田，他是「孤家寡人」這件事，他決定下次買一個不會發出聲音的時鐘。

「好，差不多該上床睡覺了。腦下垂體前葉才能大量分泌成長荷爾蒙，促進肌肉長大，否則苦練的重訓就會白費力氣。」

他故意用開朗的聲音自言自語，然後在床上躺下，拿起旁邊的遙控器，關掉日光燈，但讓黃色小燈泡繼續亮著。這一陣子，當房間漆黑時，他總覺得會被漆黑壓垮，反而睡不著。

呼……

他躺進被子，吐了一口氣，想要調整心情，耳朵深處響起剛才的客人阿高說的話。

『媽媽桑，如果你一輩子都形單影隻，不是太讓人難過了嗎？』

這句話就像是產生回音，一次又一次在他腦海中嗡嗡作響。

權田慌忙閉上眼睛。他知道只要睡著，就可以擺脫這個聲音，醒來天就亮了。但是眼瞼太用力，微微顫抖著，他想著這件事，結果遲遲無法進入夢鄉。

他努力深呼吸，試圖讓心情平靜下來，卻徒勞無功。

唉，我可能一輩子都會孤單一人——

內心深處的不安成為負能量的中心，把他的思考拉向負面。

呼吸慢慢變淺，他感到輕微的頭痛。

他鑽進被子，像胎兒一樣縮起身體。

沒問題，會平靜下來。他這麼告訴自己。

權田知道，重點在於機率。

異性戀者和同性戀者能夠找到情人的機率完全不一樣。同性戀者是少數族群，邂逅的機率很低，選擇的對象極少，而且同性戀者即使能夠找到兩情相悅的人，也無法為心愛的人生孩子。

因此，同性戀者比異性戀者孤獨一生的機率高很多、很多、很多。

從今以後，自己將會一直帶著冰冷的孤獨，最後離開這個世界——想到這裡，權田幾乎感到窒息。

滴答、滴答、滴答、滴答、滴答……

時鐘的秒針無情地消耗著權田剩下的人生。

無法重來的人生隨著這個聲音漸漸減少。

但是，在未來的日子中，自己愛某個人，或是被某個人愛的希望如此渺茫……

權田的胸口在不知不覺中激烈起伏。

他漸漸有點過度換氣。

呼、呼、呼……

權田急促呼吸著，掀開被子下床。他張開嘴巴，伸出下巴，雙手用力按著胸口，努力讓呼吸平靜下來。額頭的汗水順著鼻尖流下來。

這時，他看到放在床邊的兩個巨大的金屬塊。

權田的雙手迅速拿起四十公斤的啞鈴，放在肩膀上，然後好像在歡呼般高舉啞鈴，又接著放了下來。這是名為肩推的重訓動作之一，增加肩膀上名為三角肌的肌肉負重。權田咬緊牙關，盡可能動作迅速地一次又一次舉起、放下啞鈴。於是，三角肌內就會持續堆積疲勞物質「乳酸」，產生帶著灼熱、近似疼痛的痛苦，也就是所謂「燃燒」的痛苦。這種痛苦折磨著權田，但他仍然繼續舉起啞鈴。

當他回過神時，前一刻的過度換氣已經平靜，變成有節奏感的呼吸。

對權田來說，重訓就像是「安全區域」，是唯一能夠逃離難以忍受的「不安」的地方。他知道那只是暫時的精神安定劑，即便如此，他也只能在深夜進行這種自虐式的訓練。

繼續、繼續，繼續把自己逼入絕境。

權田咬著牙，繼續舉起、放下啞鈴。

順著臉頰滑落的溫熱淚水從下巴滴落。

當滴落在光著腳的腳背上時，已經變成冰冷的淚水。

✦✦✦

隔天從早上就下起了柔和的秋雨。

銀色的雨絲朦朧了雲雀酒吧所在的小路，宛如夢境般祥和。

權田來到店裡，為開店做準備，在老舊的大樓前叫著耆老的名字，但黑貓沒有出現。下雨的時候，牠通常不露臉，畢竟是貓嘛，大概不喜歡被淋濕。

權田沒有見到「店貓」的身影，帶著一絲落寞準備走下通往地下室的昏暗樓梯時，突然聽到背後有人叫他。

「權媽媽，我來送貨了。」

回頭一看，原來是熟識酒鋪的年輕店員，他從小貨車的車窗探出頭，笑著向權田揮手。

「原來是矢島啊，辛苦你了，你今天還是一樣這麼帥。」

「哪有哪有，你比我帥多了，尤其是你的斜方肌。」

矢島把職棒大聯盟的棒球帽反戴在頭上，笑著下了車，在小雨中把啤酒箱從小貨車的載貨台上搬下來。

權田又沿著樓梯走上來，站在矢島旁邊說：「我來幫忙。」然後輕鬆地把一箱啤酒抱在胸前。

「啊，不用了，這是我的工作。」

「沒關係，我身強力壯，應該對社會有點貢獻。」

「啊？真的嗎？那這箱啤酒可以麻煩你嗎？」

「啊喲，一箱太輕了，你再放一箱上來。」

「但是這很重啊。」

「你在對誰說話？如果你不趕快放上來，小心我把你公主抱，然後親你可愛的嘴唇。」

權田淋著小雨，開著玩笑，然後拋出一個重量級的媚眼。

「哇噢，這有點……那就麻煩你再多拿一箱。」

矢島說著，把另一箱啤酒放在權田抱在胸前的啤酒箱上。

「那我先搬下去了。」

「不好意思，其他的我來搬就好。」

權田抱著兩箱啤酒，走向老舊的大樓。當他輕鬆地走下昏暗的樓梯時，背後再次傳來叫聲。

「喵嗚。」

這次是耆老。

「啊喲，耆老，你剛才跑去——」

權田抱著啤酒箱，在樓梯中央轉過頭的瞬間，被雨淋濕的右腳滑了一下，沒有踩到樓梯。

啊！

當他心想不妙時，龐大的身軀已經傾斜，權田感覺到身體失重。

不能打破矢島的啤酒！

權田反射性地這麼想，在身體失重的情況下，硬是扭著身體，試圖保護啤酒箱。

但是，他的世界開始旋轉，耳邊不斷響起呯啪、呯啪的巨大聲音。

「哇！你、你沒事吧？」

男人問話的聲音聽起來很遙遠。

權田在幾秒鐘後，才意識到那是矢島的聲音。

嗯，我沒事——

權田想要回答，但只發出輕微的呻吟。他想坐起來，身體卻無法用力，好像不是自己的身體。

啊啊，原來是這樣，我全身都在痛——

當他終於意識到這件事時，眼前雲雀酒吧的門緩緩打開，香織漂亮的臉戰戰兢兢地從裡面探了出來。

權田和香織四目相對。

權田躺在水泥地上，想要露出調皮的笑容，卻笑不出來。

「啊！」

香織發出短促的慘叫聲，雙手捂著嘴，愣在原地。

「你沒事吧？」

矢島的腳步聲從樓梯上衝了下來。

「我、我、沒……事。」

他在說「事」這個字的同時想要坐起來，但立刻咬緊牙關，停了下來。因為他的腰部一陣劇痛，由於實在太痛了，他差點眼冒金星。

身體很冷。啤酒從打破的啤酒瓶中流到水泥地上，形成深色的水窪，權田的肩膀到腰部全都濕透了。

啊啊，好冷，而且都是啤酒味——

他看到眼前一片啤酒水窪中混了很多鮮血。

「救、救護車！」

香織大叫的同時，權田昏了過去。

✦✦✦

全身多處撞傷、頭部裂傷，以及腰椎扭傷。

這就是醫生對權田的診斷結果。雖然頭部側面的傷口流了很多血，但縫上八針之後就沒有大礙。

「總之，腦部沒有異常，不必擔心，至於其他的傷勢，時間可以解決。」

一頭筆直白髮剪得像蕈菇形狀的年長女醫生皮笑肉不笑地說。

「醫生，謝謝妳的救命之恩，太感謝了……」

權田的腰用護腰固定，趴在病床上想要道謝，但光是開口說話，腰就疼痛不已。

「我在骨科行醫多年，從來沒有看過像你這麼肌肉發達的病人，你是做哪一行的？」

「別看他虎背熊腰，他是酒吧的媽媽桑。」

一直陪在權田身旁的香織在一旁回答。

「媽媽桑？他是這個？」

醫生把右手的手背放在左側臉頰上，代表跨性別者的意思。

「啊喲，難道我看起來像偶像歌手嗎？呃——」

權田對這種問題已經習以為常，像往常一樣開著玩笑回答，但還來不及拋媚眼，劇痛就讓他不禁皺起眉頭。

「醫生，我、我只要說話，腰就會痛……」

「你剛才不是已經吃了止痛藥LOXONIN嗎？稍微忍耐一下。」

「我雖然力大如牛，但沒辦法忍受肌肉痠痛以外的痛。啊嗚……」

「好、好，你就好好休息，避免引起疼痛。你就在這裡住院幾天，等可以走路了再出院。」

「啊？住院？我要住院？」

「你沒辦法動彈，當然要住院啊。因為只有這張床才能容納你的身體，所以就安排你住在這間單人病房，你真是賺到了。」

「那酒吧該怎麼辦？啊嗚……」

權田因劇痛而皺起眉頭，看著香織。
「今天只能臨時停止營業……但是明天之後，我可以一個人顧店，你就放心好好休養身體。」
權田這才發現香織仍然一身酒保的打扮，和醫院這個場所格格不入，而且她白襯衫的右手袖子上沾到了深色的污漬，應該是照顧自己時沾到的血跡。
「香織，我看酒吧乾脆休息一陣子，妳也可以休一個長假，稍微、呃……稍微放鬆一下。啊嗚嗚……」
如果酒吧休息一個星期左右，並不會對權田的生活造成影響，而且他希望向來認真工作的香織可以利用這個機會好好休息。沒想到香織瞇起眼鏡後方的眼睛，輕輕搖頭說：
「媽媽桑，這可不行。酒吧是客人的心靈綠洲，雖然你不在，人家都會很寂寞，但這段日子，由我先撐著。」
「香織……」
「而且如果酒吧一直不營業，你的粉絲會很擔心，就由我負責站在吧檯內，告訴大家你一切平安。」

香織的這番話太體貼了，權田的淚水在眼眶中打轉，這時，白色蕈菇頭的大嬸醫生插嘴說道：

「站在吧檯內？妳是中學生？高中生？反正未成年不可以在酒吧打工。」

醫生說完，瞪著權田。

「咦？」

「咦？」

權田看著香織，香織也低頭看著躺在病床上的權田，然後兩個人都大笑起來。

權田的腰很痛，連他自己都不知道到底在笑還是發出慘叫。

✦✦✦

醫生得知香織已經成年後大吃一驚，然後走出病房。香織陪了權田一會兒之後也離開了，她要回去店裡，在門口貼一張「今天臨時公休」的紙。

單人病房內只剩下權田，他對著白色的天花板嘀咕說：「這下子闖大禍了。」他的心情終於平靜下來，回想起自己受傷的過程。

他抱著矢島的啤酒箱準備下樓時，聽到耆老的叫聲轉過頭，結果腳下一滑……頓時天旋地轉，接著就倒在酒吧門口。

我真的太笨手笨腳……

他摸著綁在腰上的護腰，護腰似乎是用厚實的網眼布和金屬板做的，頭上裹著繃帶，他很擔心光頭上會留下傷痕。

他看向牆上的時鐘。目前是傍晚六點多。

滴答、滴答、滴答、滴答、滴答……

這個病房的時鐘秒針也很大聲。

權田入住的綜合醫院晚上九點就熄燈了。

熄燈後仍有微弱的燈光，並不是完全漆黑一片，但黑暗仍然帶著重量，撲向無法動彈的權田。

滴答、滴答、滴答、滴答、滴答……

在並非完全漆黑的黑暗中，時鐘的秒針聽起來比剛才更大聲。不可思議的是，黑暗的程度和秒針的聲音成正比。

也許是藥效的關係，腰痛稍微減輕了，但他仍然無法動彈。權田費了很大的勁，伸出長手臂，從床邊的架子上拿到遙控器。在打開電視時，很慶幸自己住在單人病房。他把電視的音量調小，開始看綜藝節目，努力讓自己放鬆心情。

深夜後，權田繼續看電視。雖說他在看電視，但其實只是茫然地盯著電視螢幕，電視幾乎變成了代替燈光的四方形盒子。

不一會兒，傳來輕輕的敲門聲。

權田還沒有回答，拉門就靜靜地打開。

「權田先生，已經半夜兩點了，請你趕快休息。」

原來是夜班的護理師。淡粉紅色制服上是一張可愛的臉，她應該才二十出頭。

「我會關靜音，讓電視開著不行嗎？」

護理師聽了權田的話，納悶地歪著頭。

「別看我人高馬大，我晚上很怕黑。」

權田半開玩笑地說，護理師噗哧一笑。她可能認為像權田這種滿身肌肉的壯漢不可能怕黑。

「即使你怕黑，也要關掉電視，但可以打開床頭的閱讀燈。」

「啊喲，真是太好了。妳真漂亮啊，長得和我有點像。」

「呵呵呵，謝謝。」

雖然權田很想和護理師多聊幾句，但可能她在巡房，小聲對他說聲「晚安」後就轉身離開了。權田差一點對著她的背影說「把那個掛鐘拿掉」，但最後把話吞回肚裡。

護理師離開病房後，他乖乖地關上電視，打開閱讀燈。白色的病房變成了淡黃色的空間，變成黃色的牆壁上有幾個黑影。架子的影子、窗簾的影子、抽屜的影子、閱讀燈燈罩的影子，還有牆上掛鐘的影子。

他覺得這個空間內只剩下自己和影子。

權田思考著和平日夜晚相同的「孤獨」。

無論躺在哪裡的床上都同樣寂寞。他在內心嘀咕著，頓時覺得病房變得很大。

他盡可能緩慢地深呼吸，努力回想過去曾經發生的快樂事，小心翼翼地吸氣，然後吐氣，避免過度換氣。

床邊沒有啞鈴這件事讓他感到很不安，不過就算有啞鈴，在目前受傷的情況下根本無法使用——想到這件事，帶著灼熱的不安從胃部深處湧向喉嚨。

滴答、滴答、滴答、滴答、滴答……

秒針的聲音比剛才更加大聲，在病房內堆積，開始壓迫權田的心。

明明因為寂寞感覺病房變得很大，卻又同時感受到壓迫感，未免太矛盾了。

但是，沒問題，沒問題。

權田這麼告訴自己，閉上眼睛，持續深呼吸。

他思考著是否有人能夠讓自己的心情平靜下來。

香織的臉立刻浮現在腦海。

香織——

妳是否曾經像我這樣感到不安？

他在內心問香織。

妳和我不一樣，外表亮麗，也許不會有這方面的不安。

但是——

權田繼續想著。

香織應該能夠深刻瞭解我此刻不安的心情。不，正因為是香織，所以一定能夠瞭解。

那天夜晚格外漫長。

窗外灑滿檸檬色的朝陽時，權田才終於昏昏睡去。

✦✦✦

兩天後，權田終於出院了。

晴朗的午後，香織來接他出院。

「權媽媽，你的恢復力簡直就像超人，我第一次遇到你這種病人。」

兩天住院期間，已經變得很熟稔的白頭菇醫生笑著說，然後有點落寞地皺著眉頭。

「啊喲，這是對女生的稱讚？還是在損我啊？」
「當然是稱讚。」白頭菇醫生噗嗤一笑，然後又接著說：「改天我要去雲雀酒吧喝一杯。」
「一言為定，我會做一道和妳一模一樣的金針菇料理等妳。」
「你這個人妖真不會說話。」
白頭菇醫生打了一下權田的屁股。
「啊！好痛……我的傷還沒好，妳明明是醫生，竟然下此毒手！」
權田摸著腰，一臉快哭出來的樣子，白頭菇醫生和香織一起笑了起來。
「醫生，那我們就先告辭了，謝謝妳這幾天的照顧。」
「不客氣，多保重，最近不要太累了。」
「我知道，那就拜拜嘍。」
權田舉起手，輕輕搖著手，搖搖晃晃走向醫院的大門。
柔和的秋風吹來。
「啊，媽媽桑，好香喔。」
「對啊，是桂花的味道，真的很香。」

醫院內可能種了桂花樹。

香織停下腳步，閉上眼睛，聞著溫柔秋風的味道。

「自由的空氣果然比較好。」

權田也在香織身旁停步，抬頭仰望著秋高氣爽的天空，嗅聞著相同的味道。

✦✦✦

權田出院後，巨大的身軀整天都躺在公寓的加大型床上，只能看著放在床邊的啞鈴，根本無法拿在手上。

權田很懷念那種好像灼燒般的肌肉痠痛，於是只能看每個月訂購、健身迷熱愛的《健身雜誌》過乾癮。看完最新一期之後，又拿起以前的雜誌翻閱。

手機不時發出收到電子郵件的聲音。健身房的朋友或是酒吧的老主顧都會傳一些令他心情愉快的文字，只是分不清他們到底是鼓勵還是揶揄。權田閒著無聊，用玩笑的方式嘻嘻哈哈地回覆了所有人的郵件。

酒吧打烊後，香織在凌晨三點半左右來到權田家。

「香織，辛苦妳了，妳是不是累壞了？」

「不，我沒事。你看，我把牠帶來了。」

香織讓權田看清楚她抱在胸前的那坨黑色東西，然後輕輕放在客廳的地上。

「啊，耆老。」

黑貓一臉不知所措地東張西望，坐在床邊的權田叫著牠，但黑貓沒有走向權田，只是在房間內走來走去，嗅聞著氣味。

「媽媽桑，你是不是餓了？」

「不會，我剛才吃了泡麵。」

「啊？你自己有辦法煮泡麵？」

「白頭菇不是說了嗎？我的恢復力是超人等級。」

香織聽了權田的話後揚起笑。

「先不說這些，店裡的情況怎麼樣？」

「完全沒問題，但大家都很擔心你，他們沒傳電子郵件給你嗎？」

「有啊，簡直吵死了，我都用黃色笑話回敬他們。」

「呵呵呵，太好了。」

「什麼太好了？」

「因為你又像以前那樣開玩笑了。」

耆老蜷縮在客廳的沙發上，香織在牠旁邊坐下，撫摸著耆老的下巴。

滴答、滴答、滴答、滴答……

時鐘的秒針在香織背後的牆上發出聲音。

「我說香織……」

「嗯？」

香織抬起頭，她的表情看起來像無助的少女，好像只要吹一口氣，她就會如沙般隨風而逝。

「我可以問妳一個奇怪的問題嗎？」

「啊？什麼問題？」

「喵嗚。」耆老也叫了一聲，和香織一起不安地看著權田。

權田用力吸氣，然後開口。

「妳聽到時鐘秒針的聲音，會不會覺得害怕？」

香織微微歪著頭，似乎不太瞭解這個問題的意思。

「喔，我是說，半夜有時候突然感到很孤單寂寞，這種時候，秒針的聲音聽起來特別大聲……」

「喔，原來是這種情況。」

香織面不改色，再次摸著耆老的下巴。

「妳果然也一樣？」

權田帶著一絲祈禱的心情問。

妳應該能夠體會我的心情，對嗎？

因為妳和我一樣，都只愛同性。

香織摸著耆老的下巴，似乎浮起一絲微笑。

「不會。現在不會。」

香織的回答出乎權田的意料。

「不會……嗎？」

「對。」

原本看著耆老的香織抬頭看著權田，她神色自然，看起來很輕鬆自在，然後，她緩緩站起來繼續說：

「因為你送給我很多話，我的心已經變得堅強了。」

「很多話？我送給妳？」

香織微微瞇起眼睛，輕輕點點頭。

我送給香織什麼話？

權田回想著過去，但在無邊無際的記憶中，並沒有特別想起什麼。

「媽媽桑，我想要一個餵耆老吃飯的盤子，有沒有適合的？」

「啊？喔，喔喔……妳打開那個碗櫃最上面那一層看看。」

個子嬌小的香織踮著腳，打開碗櫃的門。

「對，最右邊有一個白色的盤子，妳可以拿來用。」

「好。」

那是之前買很多吐司時送的盤子。

香織把盤子放在廚房的地上，從冰箱中拿出牛奶倒在盤子裡。

「耆老，快過來。」

「喵嗚。」
黑貓慢條斯理地走到香織腳邊，伸長舌頭開始舔盤子裡的牛奶。
「媽媽桑，你要不要喝點什麼？」
「嗯，好啊，我也口渴了。」
香織打開冰箱後說：「啊，我發現了好東西。」然後轉頭看著權田。她的右手拿著罐裝啤酒，左手拿著薑汁汽水。
「我來做很適合你的雞尾酒。」
「香堤雞尾酒嗎？」
「對，酒精濃度很低，你應該可以喝。」
權田點點頭，一如往常地拋出重量級的媚眼說：「啊喲，太高興了，那就麻煩妳了。」
香堤雞尾酒很簡單，只要使用相同分量的啤酒和薑汁汽水，然後攪拌即可。薑汁汽水可以柔和啤酒的苦味，嘴裡會留下薑汁適度的辛辣刺激。
香織俐落地調好兩杯雞尾酒，來到權田坐著的床邊。
權田接過了香織遞給他的杯子。

「香織，謝謝妳。」

「那我們來乾杯。」

「要為什麼乾杯？」

「為阿吽。」

香織意味深長地說完，銀框眼鏡後方那雙眼尾微微下垂的眼睛拋了個媚眼。雖然權田和香織在一起多年，但也許這是第一次看到她拋媚眼。

「香織，妳果然厲害，妳的媚眼太完美了。如果我是男人，馬上會拜倒在妳的石榴裙下。」

「呵呵呵。」

「但妳說為阿吽乾杯是什麼意思？」

「等一下再向你解釋，在泡沫還沒有消失之前，先來乾杯。」

兩個人一起說著「乾杯」，把杯子碰在一起。

冰涼的香堤雞尾酒美味可口，彷彿滲進了喉嚨的每個細胞。權田像往常一樣一口氣喝完了。

「啊，太好喝了……」

香織也喝了半杯，發出幸福的嘆息。

滴答、滴答、滴答、滴答……

權田立刻開口打斷秒針旁若無人般發出的聲音。

「妳差不多該解釋為什麼要為阿吽乾杯了吧？」

「好。」

香織點點頭，拿著酒杯，唇邊浮現淡淡的笑容，然後一字一句地說：

「好好珍惜當下，珍惜此刻這個瞬間——媽媽桑，你曾經告訴我，『阿吽』這兩個字就是這個意思。」

「咦……」

「就是我第一次見到你的那一天。」

「啊喲，我有說過這句話嗎？」

「你對我說，阿吽的阿是五十音的第一個音，吽的發音是五十音的最後一個音，所以，阿吽這個禪語代表了這個世界上所有的一切。也就是說，這個世界上所有的一切，都只存在於阿和吽之間的此時此刻、這個瞬間，妳只能活在當下這個瞬間——」

香織的話勾起了權田的記憶。

妳只能活在當下這個瞬間，即使為過去，或是為未來煩惱，都是白費力氣。

香織，妳聽好了——

過去無法重來，如果為過去悲傷，只是讓活著的「當下」變得不幸而已。而且為還沒有到來的未來感到不安也無濟於事，只會讓最重要的「當下」變得無趣。

不要被痛苦的過去束縛，把對未來的不安拋在腦後，好好活在當下，感受當下。

這就是禪所說的「幸福生活的秘訣」——

權田當時這麼告訴香織，對第一次見面的香織說了這番話。

「媽媽桑，你還記得嗎？」

「嗯，我想起來了，我的確說過這些話。」

香織鬆了一口氣，喝著香提雞尾酒。

「那天之後，我一直把你告訴我的『阿吽』這兩個字作為座右銘。」

「……」

「所以，我不會對未來感到不安，半夜聽到秒針的聲音也不會害怕。」

香織嫣然一笑，銀框眼鏡後方的眼睛瞇成弦月的形狀。權田再次發現她的眼睛很美。

如果她不是同性戀者，這麼坦誠又可愛的女生，人生將會很順遂——

權田想到這裡，吞下差一點吐出的嘆息，回想起第一次見到香織的那一天。

嚴冬季節某個飄著細雪的傍晚，香織哭著走在公園內。

她獨自一人。

而且走在結了薄冰的水池中。

✦✦✦

那一天——

權田在健身房重訓結束後，去超市買完菜，拎著塑膠袋穿越附近的公園。他正打算去「雲雀酒吧」，為開店做準備。

淡灰色的雲籠罩著嚴冬的天空，天空飄起細雪。雖然沒有風，但傍晚時分寒氣逼人，冷到骨子裡。

權田走到公園出口附近時，猛然停下腳步。

咦？那個女孩怎麼回事？

一個身穿制服的女高中生走在結了薄冰的水池中，發出嘩沙嘩沙的聲音。雖然水池的水位並不高，但少女大腿以下都浸在水中。

為什麼那個女高中生要走進水池裡？

權田呆若木雞地看著她，發現少女在水池中央彎下身體，把右手伸進水裡。

「喂……喂，妳在幹什麼？」

這時，權田才如夢初醒般衝過去。

少女聽到聲音後轉過頭。她有一頭齊肩的黑髮，臉色蒼白，是一名美少女，淚水從她銀框眼鏡後方的眼中滑落。

她的右手從水裡縮回來，手上抓著一個濕透的書包。

少女拿著書包，從水池裡走出來，冷得牙齒不停地打顫。

「妳到底在幹什麼？」

權田慌忙拿出手帕和面紙交給她，讓她擦拭濕透的雙腿和手臂，然後把自己身上的毛皮大衣披在她肩上，讓她在長椅上坐下來。

「妳還好嗎？妳住在哪裡？」

權田盡可能用平靜的語氣問，但無論他問什麼，少女始終低頭顫抖，幾乎沒有回答，而且她也似乎不想回家。

「我告訴妳，照理說，妳不可以跟第一次見面的男人回家，但是，我是人妖，是例外。」

權田無法丟下少女不管，於是推著她，把她帶回自己的公寓，然後讓她換上在半路為她買的運動衣，讓她自己用洗衣機和乾衣機，清洗沾到水池泥土的制服和內衣褲。在等衣服烘乾時，為她泡了一杯熱可可，之後才終於瞭解她走進水池的原因。

少女名叫香織。

她去年和就讀的女校同學談戀愛，結果對方提出分手，她是同性戀這件事曝了光。那天之後，她就成為霸凌標的。今天同學把她的書包丟進水池，所以她才去撿書包。

她也告訴權田不想回家的理由。她不想見到媽媽。她的父母在她幼年時離婚，之後她就和媽媽一起生活，但她媽媽對她不聞不問，也就是標準放棄女兒的母親。

香織靜靜地喝著權田為她泡的熱可可，看起來身心俱疲，簡直就像被丟棄的人偶，漂亮的臉蛋很憔悴，說話戰戰兢兢，有氣無力。雖然有一雙看起來很溫柔的眼睛，但她眼神渙散，雙眼無神。

香織對人生感到絕望。她背負著痛苦的過去，在黑暗中對未來感到恐懼，於是，權田撫摸著她瘦弱的後背，懇切地告訴她禪語「阿吽」這個幸福生活的秘訣。

「香織，妳只要專注當下這個瞬間，用自己的方式活得精采就好。未來是現在的延續，只要當下活得精采，未來也一定會很精采。」

那天晚上，權田帶香織去了「雲雀酒吧」，讓她穿著制服打工。

「香織，妳試試笑著過日子，哪怕只有今天晚上也沒關係。」

香織站在吧檯內，起初笑不出來，但在健身房那些愉快的老朋友關懷之下，她漸漸露出了靦腆的笑容。

深夜，當客人都離開時，少女在吧檯內小心翼翼地洗著盤子，默默流下眼淚。

權田沒有問她「為什麼？」而是問她：

「是不是笑的時候，就會感到幸福？」

香織用力點頭，一邊洗盤子，一邊小聲地說：

「我原本忘記了。」

「忘記什麼？」

「忘記怎麼笑了。」

權田露出鬆了一口氣的笑容，對著認真洗杯盤的少女說：

「啊喲，妳現在想起來了，真是太好了。妳雖然是同性戀，而且被人霸凌，但沒想到笑起來很可愛。」

「啊？」

香織抬頭看著權田。

「雖然妳很可愛，但和我相比，還是稍微遜色了點。」

權田說完這句話，拋了一個好像烏鴉在拍翅膀般的重量級媚眼。沒想到——

「呵、呵呵呵……」

香織第一次發出笑聲。

「這個世界上，還是有可以讓妳感到舒適自在的地方，對嗎？」

「對……」

香織破涕為笑，用沙啞的聲音回答。權田看著她流露內心情緒的臉，戳了一下她的額頭說：「啊，妳現在的臉比我更可愛，太可惡了。」

幾天之後——

香織在「雲雀酒吧」準備開店前突然出現，然後站在門前，一臉懇切地說：

「我退學了。」

「呃……」

「權田先生，請讓我在這裡打工，不管要我做什麼都可以，也不用付薪水給我。」

她帶著求助的眼神說道，權田不禁嘆氣，但立刻露出調皮的笑容說：

「啊喲，討厭啦，沒想到妳這隻小貓咪這麼沒禮貌。」

「啊……」

「雖然我虎背熊腰，滿身肌肉，但可不是不付薪水，要求未成年少女為我工作的壞蛋。」

「呃……」

「總之，我沒辦法給妳高薪。」

「呃……」

「香織，妳徵求媽媽同意了嗎？」

「有、有，她剛才說，隨我的便……」

「啊喲喲，這樣啊，原來是自由放任主義啊，那妳就隨心所欲吧。不過，妳不要叫我權田先生，而是要叫我可愛的媽媽桑。」

「好……好，媽媽桑。」

「啊呵呵，妳真可愛。嗯，妳通過面試了。」

「謝、謝謝……你……」

香織站在門口，雙手捂著嘴哭了起來。

那天之後，香織就成為每天晚上都站在「雲雀酒吧」吧檯內的活招牌。

目前，她的夢想是成為一流酒保，自己開一家店；當初是權田對她說「要有自己的夢想」、「一定要實現夢想」。

「夢想一定要實現，一旦夢想實現，妳就會驚訝地發現過去也改變了。」

「啊？過去可以改變嗎？」

「對啊，在夢想實現的瞬間，妳一定會這麼想，覺得至今為止的人生，都是為了這一天而存在。在那個瞬間，痛苦的過去就會變成閃閃發亮的寶貴回憶，就好像黑白棋的一排黑色的棋子一下子都變成白棋。」

✦✦✦

「媽媽桑，要不要再調一杯香堤雞尾酒？」

香織問怔怔地緬懷著往事的權田。

「啊？嗯，謝謝，那我就再喝一杯。」

香織從床邊起身，走向客廳深處的廚房。權田看著她纖瘦的背影，忍不住嘆氣。

當初對香織說得頭頭是道的自己，如今卻忘記了阿吽的意義，甚至忘記擁抱夢想——

我真是老了。

權田在內心嘀咕著，又嘆氣。

喝完第二杯香堤雞尾酒，香織把兩個人的杯子都洗乾淨後就回家了。

權田在內心回味著香織臨走時說的話。

「媽媽桑，我覺得脆弱的你很人性化，很棒。」

沒有了聊天的對象，突然覺得家裡變得很大。
時鐘的秒針聲音開始在房間內堆積，越來越沉重。
冰箱突然發出嗡嗡的聲音。
權田聽到這個聲音猛然想起，冰箱裡有不少可以用來調雞尾酒的材料，但香織偏偏調製了香堤雞尾酒。
這代表……
他想起香堤雞尾酒的酒語。
無濟於事。
也許香織調製這杯雞尾酒，是為了對未來感到恐懼的權田說：「害怕未來無濟於事」……
也許是這樣。不，一定就是這樣。
人無法活在過去，也無法活在未來，只能活在當下，活在這個瞬間，活在阿吽之間。
因此香織為權田調製了香堤雞尾酒，然後說了阿吽的事才離開。
「這個小女生，以後會成為最出色的酒保。」

權田故意出聲說道，看著在沙發上縮成一團的耆老。

「耆老，你是不是也這麼想？」

黑貓沒有轉頭看他，只是懶洋洋地動了一下長尾巴的前端，很不耐煩地回應。

「你明明是自由身，卻因為我太寂寞了，硬找你來陪我，真對不起啊……」

黑貓這次完全無視權田，連尾巴都沒有動一下。

但是，權田反而喜歡黑貓這種冷淡的態度。耆老是街貓，任何時候都做自己，充分享受自己的「貓生」。比方說，當牠被帶來這個家裡，牠就接受了這個環境，在房間內四處打量，尋找自己最舒服的地方。一旦找到舒適的位置，就大剌剌地佔據那裡，一臉滿足地躺下來。

「耆老，你很乾脆，又很帥。」

權田噗嗤笑了，小聲地說。

滴答、滴答、滴答、滴答、滴答……

秒針的聲音繼續堆積。

權田看向放在床邊的四十公斤啞鈴。銀色的金屬塊淡淡地反射著日光燈的燈光，他現在即使用雙手也無法拿起這個微弱的精神安定劑。

權田皺起眉頭，忍痛從床邊起身，慢慢地、慢慢地走去客廳。他利用高大的身高，伸手把掛鐘拿下來，然後拔下背面的電池。

他殺了時鐘，秒針不再移動。

呼。他嘆氣。

他把死去的時鐘輕輕放在客廳的矮櫃上。

秒針的聲音消失後，靜謐籠罩了整個房間。

權田又覺得寂靜的「無聲」開始在室內堆積。

權田看向沙發。

耆老也剛好看著他。

「但就算沒有時鐘的聲音，時間仍在流逝。雖然我原本就知道這件事。」

黑貓露出一臉無趣的表情，「喵嗚」了一聲。

✦✦✦

四天後的星期五晚上——

權田的身體總算恢復到不會影響日常生活的程度，於是便把耆老放進籐籃內，走去「雲雀酒吧」。

站在車站前熟悉的老舊大樓前，雖然才相隔一個星期，卻讓他有一種近鄉情怯的感覺，令人感到不可思議。

權田把籃子放在之前不慎滑倒受傷的昏暗樓梯前，輕輕打開了蓋子。

「耆老，你可以回家了。」

耆老在籃子內抬頭看著權田。

「喵嗚。」

黑貓縱身一跳，跳出籃子後，嗅聞了夜晚的空氣兩三次，然後就跑入黑暗中。

權田拿起空籃子，小心謹慎地走下樓梯。

地下一樓的店門上掛著「包場」的牌子。

啊？包場？

難道是香織掛錯牌子了？——權田歪著頭，推開了沉重的門。

就在這個剎那——

呯呯、呯呯呯！

昏暗的店內突然響起拉炮聲和歡呼聲。

「咦？喂……這、這是怎麼回事？」

權田瞪大眼睛站在那裡，站在吧檯內的香織回答說：

「今天是例行的『星期肉聚會』，健身房的同好都來慶祝你歸隊。」

「啊……」

「權媽媽，歡迎你回來。」

美鈴坐在最後面的椅子上，向他揮手打招呼。

「你趕快過來坐下，我都快渴死了。阿俊已經為你暖好椅子了，阿俊，你讓開、讓開！」

醫生像機關槍一樣說道，阿俊說著「啊？要我讓座啊」，起身在旁邊的座位坐下。

「好像並沒有很嚴重嘛。」

「話說回來，你的身體這麼壯，即使被翻斗車輾過，也不會有什麼大礙。」

「有道理。」

老闆和訶訶也都笑著說。

「他的恢復能力太驚人了，普通人根本不可能做到。」

沒想到連白頭菇醫生都來了。

大家——

「啊喲，怎麼會這樣？看來我果然很受歡迎。」

權田開著玩笑，為即將潰堤的淚腺散熱，接著又說：「那我就來坐阿俊的蒙古斑屁股為我暖過的座位。」在椅子上坐下。

「我屁股上才沒有蒙古斑。」

阿俊不滿地說，大家都哈哈大笑。

「好，主角都到齊了，那我就為各位送上飲料。」

香織說完，像平時一樣勤快地為所有人準備飲料。罐裝啤酒、鹹狗、烏龍茶、檸檬汁兌燒酒……權田面前的杯子中裝的是蘭姆酒可樂。

「啊喲，香織，我要喝生啤酒——」

「這杯是大家送你的禮物。」

「啊？」

權田看向周圍，所有人臉上都帶著笑容。

「香織，請妳把蘭姆酒可樂的酒語告訴大家。」

美鈴搶先說了權田平時會說的話。

「好，蘭姆酒可樂的酒語是——」

香織停頓一下，看著權田，瞇眼一笑。權田發現站在吧檯內的香織手上拿著和他相同的蘭姆酒可樂。

「香織，那就由我來說。蘭姆酒可樂的意思是——」權田梭巡著這些知心朋友的臉，所有人都帶著無憂無慮的笑容看著他。他發現自己內心湧起一股幾乎令他感到害羞的暖流，緩緩舉起杯子說：「就是『做人要貪心！』。謝謝你們，我真是愛死你們了。那就來乾杯！」

「乾杯！」

店內響起一陣杯子相碰的聲音。

接著就是盡情胡鬧、歡聲笑語的「星期肉聚會」。

蘭姆酒可樂又名自由古巴，雖然是同一款雞尾酒，但變成「自由古巴」這個名字時，代表了不同的意義。為了慶祝古巴推翻西班牙的統治，贏得獨立的這杯酒，代表了「自由」和「革命」的意思。

自由、革命，以及做人要貪心——

應該只有我瞭解香織打算傳達的意思。

權田對著吧檯內舉起杯子，香織也舉起了手中的酒，咧嘴露出可愛的笑容。

「啊，對了對了，得先把要慶祝權媽媽恢復健康的禮物拿出來，免得等一下忘記了。」

訶訶說完便站起身，原本吵吵嚷嚷的其他人都同時看向訶訶和權田。

「這個給你，是大家送你的禮物。」

權田接過了充滿少女氣息粉紅色的禮物盒。

「啊喲，太開心了。我可以打開嗎？」

「當然可以。」

老闆點著頭回答。

權田小心翼翼拆開包裝紙，拿出盒子裡的禮物。

「哇！這個太讚了，我剛好準備買新的。」

權田手上拿著重訓用的健身腰帶，大家送他這個禮物，應該希望他好好保護自己的腰。

「你試看看。」

肌肉控美鈴說。權田開心地笑著，脫下襯衫，拆下護腰，把全新的健身腰帶緊緊繫在腰上，然後大叫一聲：「呀吼！」做出了拿手的姿勢，展現側面胸大肌。

「哇噢噢噢噢！」

「太驚人了！」

所有人都歡呼喝采。

權田接連做出各種展示肌肉的姿勢，突然在酒吧深處牆壁上的鏡子中看到自己的身影。

鏡子中有一個看起來很幸福的小丑。

巨大的人妖為大家帶來歡樂，也因此感到喜悅。

原來那就是我……

他有一種新鮮的感覺，繼續不停地擺出各種姿勢，其他健身同好都拍手笑了起來。

其實還不錯——

他真心誠意，沒有絲毫虛偽地這麼想。

被大家的笑容包圍的此刻、這個瞬間，很蠢很笨，也很無聊，然後……

「嘶！」權田大叫一聲，做出以前漫畫角色的特有搞笑動作，引起一陣哄堂大笑。

終於化解了危機。

眼淚總算沒有流下來。

✦✦✦

「今天晚上真熱鬧。」
店內恢復安靜，正在收拾桌子的香織說。
「對啊，這幾個人真的很瘋。」
權田坐在吧檯前的高腳椅上，回想著剛才的熱鬧情景，輕輕笑了出來。笑的時候，腰還是有點痛。
「大家都很愛你。」
「我也很愛大家啊，愛到想要把大家吃下去。」
「呵呵呵，」香織揚起可愛的笑容繼續說：「媽媽桑，以後要活得貪心一點喔。」
「嗯，香織，妳也一樣。」
「好。」
權田對香織舉起巨大的右手。
香織小巧的左手貼著他的手掌。
啪。酒吧內響起清脆的擊掌聲。
「香織，今天晚上謝謝妳。」

權田坦率地表達了謝意，美少女酒保露出了至今為止，曾經擄獲無數客人的心的靦腆笑容。

收拾完畢後，權田和香織一起離開酒吧。

沿著陡梯而上，來到大樓外，淡紫色的天空籠罩著整個世界。天快亮了。

「耆老，吃飯了。」

香織拿著宴會的剩食，叫著「店貓」。

「啊喲，牠竟然沒出現。」

「是啊，今天又沒下雨……耆老。」

香織對著小巷的縫隙和大樓後方叫了好幾聲，但黑貓都沒有現身。

也許因為牠是街貓，之前把牠綁架去我家裡，造成牠的心靈創傷，於是牠離開這裡了？

權田突然閃過這個念頭，但並沒有說出口。

「不知道耆老去哪裡了……」

香織的眉毛皺成了八字形。

帶著一絲冬日氣息的風從車站前圓環的方向吹來，夾雜著淡淡的泥土味。風吹得行道樹的落葉發出沙沙的聲響，從他們的腳下拂過。香織的兩條辮子在風中寂寞地搖晃著。

「別擔心，耆老原本就是一隻自由的貓，改天又會心血來潮回來這裡。我們也回家吧。」

權田說著，輕輕推著香織纖瘦的後背。

他們像往常一樣走到車站前的圓環，輕輕揮手道別。

權田迎著淡淡的朝陽邁開步伐。雖然腰還有點痛，但他盡可能抬頭挺胸，邁著悠然的步伐走向前。

✦✦✦

回到家，正準備脫上衣時，他轉頭看向落地窗的方向。

嗯？

他覺得窗簾縫隙那裡有動靜。

是什麼……

他輕輕打開窗簾，忍不住「啊！」地叫出聲。朝陽照在露台上，耆老就坐在那裡。

「喵嗚。」

牠在落地窗外叫著權田。

「啊喲，幸好我住在一樓……」

權田自言自語說完，打開落地窗。

耆老一副理所當然的態度走進房間，然後在廚房門口又「喵嗚」叫了一聲，似乎在說：「我要吃飯。」

「好、好、好，香織還在擔心你呢！等一下要傳訊息給她，告訴她你平安無事。」

權田從冰箱裡拿出火腿和牛奶，分別裝在兩個不同的碗裡。耆老可能口渴了，發出皮嘰、皮嘰的聲音喝了起來。

皮嘰、皮嘰、皮嘰、皮嘰、皮嘰……

輕微的聲音傳遍房間每個角落。

權田聽著這個聲音片刻，突然想到什麼，走向客廳的矮櫃。

「好，就這麼辦。」他嘀咕一句，拿起矮櫃上已經失去生命的掛鐘，把原本拔下來的電池又重新裝回去。

滴答、滴答、滴答……

秒針活了過來。

權田把掛鐘拿在右手上，踮起腳，掛回牆上原來的位置。

滴答、滴答、滴答、滴答、滴答……

他目不轉睛地抬頭看著活過來的時鐘。

他發現自己臉頰的肌肉放鬆了。

「耆老，我從今天開始要貪心過日子。」

他對著正在吃飯的黑貓屁股宣布，從此享受包吃包住好日子的黑貓很捧場地轉過頭回答：

「喵嗚！」

春日
ハルヒブンコ
文庫

127

愈重要的事，愈是輕聲低語

大事なことほど小声でささやく

愈重要的事,愈是輕聲低語/森澤明夫作 ; 王蘊潔譯. -- 初版.
-- 臺北市 : 春天出版國際文化有限公司, 2023.06
面； 公分. -- (春日文庫 ; 127)
譯自 : 大事なことほど小声でささやく
ISBN 978-957-741-705-3(平裝)

861.57 112008584

ISBN 978-957-741-705-3
Printed in Taiwan

作　　者　森澤明夫
譯　　者　王蘊潔
總 編 輯　莊宜勳
主　　編　鍾靈

出 版 者　春天出版國際文化有限公司
地　　址　台北市大安區忠孝東路4段303號4樓之1
電　　話　02-7733-4070
傳　　眞　02-7733-4069
E－mail　bookspring@bookspring.com.tw
網　　址　http://www.bookspring.com.tw
部 落 格　http://blog.pixnet.net/bookspring
郵政帳號　19705538
戶　　名　春天出版國際文化有限公司
法律顧問　蕭顯忠律師事務所
出版日期　二〇二三年六月初版

定　　價　399元

總 經 銷　楨德圖書事業有限公司
地　　址　新北市新店區中興路二段196號8樓
電　　話　02-8919-3186
傳　　眞　02-8914-5524
香港總代理　一代匯集
地　　址　九龍旺角塘尾道64號 龍駒企業大廈10 B&D室
電　　話　852-2783-8102
傳　　眞　852-2396-0050